「お前だな。エドワードってのは」
「如何にも。短命猿《ザル》にも顔を覚えられているとは、有名人は辛いね」

「……イリスよ。イリス・エーデルワイス」

「びっくりするくらいワイの好みだったんで
後悔したくないから声掛けさせてもらったわ」

そして、今もエリザベスはたった一人、
先頭を走っている。
最初のターンを教科書どおりの
理想的な動きで曲がり切る。

新米オッサン冒険者、最強パーティに死ぬほど鍛えられて無敵になる。

8

岸馬きらく

口絵・本文イラスト　Ｔｅａ

新米オッサン冒険者、最強パーティに死ぬほど鍛えられて無敵になる。⑧

プロローグ

先天的に他種族を圧倒《あっとう》するほどの魔力量《まりょく》を持つエルフ族。

彼《かれ》らがもっとも得意とする魔法《まほう》が自然の力を利用し主に遠距離《えんきょり》攻撃《こうげき》において力を発揮する界級魔法《かいていまほう》である。

そして自然の力を利用する界級魔法には主に五つの系統が存在する。

土、火、水、風、エーテル。

魔法学ではこの世界の構成物質と言われるこの五つを『元素五系統』と呼ぶ。他の系統はこの五つの派生であり、単純な出力の面では元となる五つの系統に劣《おと》るとされる。

エルフォニアの誇《ほこ》る最強の魔法戦力『魔法軍隊』は、この『元素五系統』のどれかを主に使用するものが多い。血統にこだわる気質からなのか、単純に他の系統よりも出力を圧《あっ》倒的《とうてき》に出しやすいからなのかは定かではないが、隊員のほぼ全員が最低でも三つ以上の属性を使いこなすことができる。

要は、末端《まったん》の隊員一人に至るまで、高火力で扱《あつか》いやすい遠距離攻撃を習得しているということである。その厄介《やっかい》さは広く大陸に知られ「近づくことすら叶《かな》わない軍隊」と言われ畏怖《いふ》される。実際にかつて近隣《きんりん》との戦争が起こった際は、『魔法軍隊』は一人の死傷者も出すことなく敵国の首都を陥落《かんらく》させていた。

さて現在、そんな『魔法軍隊』の目の前にいるのは自分たちの最高司令官であり、仕える国の第一王子の領内に突然侵入《とつぜんしんにゅう》してきた不届き者である。

人間族で年齢《ねんれい》は三十歳《さい》。短命な種族は見た目で年齢を判断しやすい。

そして、その腕《うで》に巻かれているのは最低レベルの魔力量を示す黒いミサンガ。

まったくもって、何を血迷ったのだと言いたくなる。その貧弱な魔力量で何ができると言うのか?

隊員の一人が侵入者に右手をかざす。

「押《お》し流《なが》せ灼熱《しゃくねつ》の流撃、汚《けが》れた大地に浄化《じょうか》の光を。第五界級魔法『セイント・フレア』」

略式詠唱《えいしょう》の第五界級魔法。

使ったのは平隊員であり、平隊員ですら当然のようにこのレベルの魔法を使用できるというのは驚異《きょうい》に他《ほか》ならない。

『セイント・フレア』は通常の炎《ほのお》よりも明るい光を放つ炎を射出する魔法である。その光の正体は通常の炎では出せないはずの高エネルギーを炎の中に閉じ込めていることで発生する。

要は炎よりも温度の高い炎を射出するという界綴魔法なのである。

その高温によって本来なら壁《かべ》として機能するはずの城壁《じょうへき》や盾《たて》を溶《と》かし貫通《かんつう》する。

本来人体に向けて打つような魔法ではないが、目の前の男にひとまず人権など認める気などないという意思が明確に伝わってくる一撃《いちげき》である。

直撃《ちょくげき》。

爆音《ばくおん》と共に凄《すさ》まじい熱量が襲《おそ》いかかった……のだが。

「……終わりか？」

侵入者は微動《びどう》だにせずその場に立っていた。

服は焦《こ》げたが全くダメージを受けた様子もない。

部隊の指揮官が言う。

「この男、かなり強力な防御魔法《ぼうぎょまほう》を発動しているぞ。全員で一斉《いっせい》に攻撃《こうげき》しろ!!」

その言葉に訓練された隊員たちは一斉に詠唱を開始する。

「『押し流せ灼熱の流撃、咎人《とがにん》の隠れ家《かくが》、罪人の王城、偽善者《ぎぜんしゃ》の庭園、一つ余さず汚れた大地に浄化の光を』」

今回は全文詠唱。全文詠唱は2ランク上の威力《いりょく》を出すと言われている。

よって放たれる魔法の威力は実質第七界綴クラス。

それが、一斉にリックに向けて放たれた。

容赦《ようしゃ》のない集中砲火。四方八方から放たれたその魔法攻撃《まほうこうげき》の数は三十にも及《およ》ぶ。

それに対して、侵入者は……。

なんと、先程《さきほど》と同じく一切《いっさい》その場を動かずにまともにその攻撃を受けた。

ドゴオ!!!!

と、先程とは比べ物にならないほどの爆音とともに、盛大に火柱と爆煙が舞《ま》い上がる。

なぜ侵入者は、まったく躱《かわ》す素振《そぶ》りすら見せなかったのか？

確かに完全に取り囲まれての包囲攻撃である。完全に躱すのは不可能なのだが、それにしても、どこかの方向に飛び込んで当たる攻撃の数を減らすくらいのことはできただろう。

それすら思いつけないほどの素人《しろうと》だったということか？

わからないが、ともかくあれだけの第五界綴魔法の全文詠唱をまともに食《く》らって無事であるはずもない。もしかしたら原形を止《とど》めていない可能性もあるが、さっさと回収して任務を終わらせるのみ……。

しかし。

「……終わりか？」

爆心地《ばくしんち》で、侵入者は悠然《ゆうぜん》と立っていた。

先程と同じくまったくダメージなど受けていない様子で。

「なっ⁉」

部隊長が思わず声を上げる。

「ば、馬鹿《ばか》な。いったいどんな防御魔法を使ったと言うんだ⁉　詠唱をした気配すらなかったぞ」

基本的に強代魔法を使うには、魔力を練る時間がかかるし強力なものほど詠唱の省略は難しい。仮にも先程の攻撃は三十発以上の第五界級魔法全文詠唱である。

防ぐには普通《ふつう》に考えて第六界級魔法の全文詠唱か、上級神性魔法が必要なはずだ。それを魔法のエキスパートである自分たちの前で、魔力を練った素振りさえ見せずに使用するなど不可能である。

が。

「なぜもクソもあるか。鍛《きた》えたからだ」

侵入者は一言そう言い切った。

さっぱり言っている意味が分からず、その場で固まる『魔法軍隊』の一同。

「当たり前だと思うんだがな。一定以上速く動けるようになれば自分の動きで空気抵抗《ていこう》が発生して熱に晒《さら》されるようになる。それを続けてれば熱に対する耐性《たいせい》くらいは勝手に鍛えられる」

「な、なにをわけの分からないことを言ってやがる？」

至極《しごく》真っ当な部隊長のツッコミが入った。

しかし、侵入者の目に冗談《じょうだん》や嘘《うそ》を言っているような様子はない。至って真面目《まじめ》な表情である。

「それで、ご自慢《じまん》の魔法攻撃は終わりか？」

侵入者が一歩前に出る。

思わず一斉に後ずさる隊員たち。

「……よし、ならコッチから行くぞ」

「か、風の祈《いの》りよ、我《わ》が身元に」

隊員の一人が対抗《たいこう》して詠唱を開始しようとするが。

「遅えよ」

侵入者はたった一歩で30ｍの距離《きょり》を詰《つ》めると、詠唱途中《とちゅう》の隊員の胸《むな》ぐらを掴《つか》んで投げ飛ばす。

投げ飛ばされた先には城の中から増援《ぞうえん》に駆《か》けつけた百人近い隊員たち。

「ごあ⁉」

最前列にいた隊員たちが投げ飛ばされた隊員に激突《げきとつ》し仰《の》け反《ぞ》る。

その隙《すき》に。

「はあ‼」

リックは百人の集団に向けて突進《とっしん》した。

最前列の隊員の体の隙間《すきま》に頭をねじ込み、肩《かた》と腕で押し込む。

百人の隊列がまるで津波《つなみ》に押し戻《もど》されるかのように、出てきた城の方に押し戻されていく。

「ぐっ……おお‼」

隊列にいる隊員たちも当然必死に押し返そうとするのだが、まるで勝負にならない。

相手はたった一人の中年の人間族だと言うのに。

「どうした？　ご自慢の魔法でなんとかしてみろ」

力で負けているならこういうときこそ得意の界綴魔法で迎撃《げいげき》すればいい、という理屈《りくつ》は確かにそうである。

だがこの状況《じょうきょう》でそれは難しい。

侵入者の周囲を囲む隊員たちも攻撃をうちあぐねていた。

「そうだ。ここまで敵に密着されれば、味方を巻き込む可能性のある攻撃魔法《こうげきまほう》は使えない。そういう時のために、体力なり強化魔法なりを最低限は鍛えておくもんなんだがな……ハッキリ言ってお前たちは最低限にすら達してない。だからこんなに簡単に押し込まれるんだ。少しは『王国』の騎士団《きしだん》でも見習うんだな」

確かに襲撃者《しゅうげきしゃ》の言うとおりである。

『魔法軍隊』の訓練はほとんどが魔力関連に割《わ》り振《ふ》られており、また国民の気質から自主的に体力や身体操作を極《きわ》めようとするものは非常に少ない。

そんな暇があったら、魔法の一つでも覚えるほうがいい。というのがほとんどの者の考えである。

とはいえ。

とはいえである。

いくら鍛えが足りないからといって百対一で押し負ける理由にはならないと思うのだが、そんなことをツッコむ余裕《よゆう》のあるものはその場にはいなかった。

とうとう最後尾《さいこうび》の隊員たちが、閉じられた城の入り口の門に押し付けられる。

「おおおおおおおおおおおお!!」

咆哮《ほうこう》と共に侵入者の腕にビキビキと太い筋が浮《う》かび上がる。

ミシミシと城の門がひび割れ。

ガシャアアアアア!!

と、盛大な音と共に壊《こわ》れた扉《とびら》の残骸《ざんがい》と大量の圧迫《あっぱく》されて気を失った隊員たちと共にその男は城の中に入ってきた。

城の中は外観に違わず、これまた非常に豪奢《ごうしゃ》な作りになっていた。

入って正面の赤いカーペットが敷《し》かれた階段の上にその男はいた。

「やれやれ無作法だねえ。これだから下賤《げせん》な血のものは」

長身に自信に満ち溢《あふ》れた整った顔立ち、高い魔力量を象徴《しょうちょう》する純金色の髪《かみ》。

エルフォニア王国第一王子、エドワード・ハイエルフである。

侵入者は……リック・グラディアートルは、鋭《するど》い眼光を向けてこう言った。

「お前だな。エドワードってのは」

「如何《いか》にも。短命ザルにも顔を覚えられているとは、有名人は辛いね」

「お前の顔なんか知らなかったよ。興味もなかった。ただ面構《つらがま》えが露骨《ろこつ》に人を見下してるからな。この国の人間は俺《おれ》みたいに魔力の低い人間には多かれ少なかれそうだが、お前はその中でも飛び抜《ぬ》けて人を人と思ってねえ」

「ははは、そんなに褒《ほ》めないでくれたまえよ」

整った顔立ちのまま、優雅《ゆうが》に笑うエドワード。

リックは拳《こぶし》を握《にぎ》りしめると言う。

「警告はしたぞ。覚悟《かくご》はできてるんだろうな?」

□□□

「……よし。これでええやろ」

ミゼットはアリスレートの伝令用使い魔にミーア嬢《じょう》への依頼状《いらいじょう》(半強制)を持たせて、彼女《かのじょ》の下まで飛び立たせた。

夜空に飛んだ黒いコウモリ型の使い魔はあっという間に見えなくなる。

今回は国を股《また》にかけた仕込みである。ミーア嬢は相当苦労を強《し》いられるだろうが、まあ、彼女はなんだかんだ言ってなんとかしてしまえる子だ。

ミゼットは整備室の中に戻る。

「あの、ミゼットさん。リックさんは……」

モーガンが心配そうに言う。

「ははは、安心せえ。リックくんはな、やると決めたらやる男やで。正直見ていて恐ろしいくらいにや。それよりも、フレイアちゃんの心配しとき。仮に『アンラの渦《うず》』が解除されたとしても、明日は魔力回路が乱れた状態でこの欠陥《けっかん》機体にのらなあかんのやからな」

そう言って憎々《にくにく》しげな目を『ディアエーデルワイス』に向けるミゼット。

「ミゼットさん……私は多少はアナタの事情を知っているつもりです。アナタがこの機体を憎《にく》く思う理由も分かります。ですが『ディアエーデルワイス』型の機体は魔力障害であるフレイアをここまで運んできてくれた相棒です。私は最高の機体だと思っていますよ」

モーガンの言葉に、ミゼットは複雑な表情を浮かべる。

「それはまあ、技術者として褒め言葉《ことば》と思っとくわ。でも、だからこそ……この機体は欠陥機体なんや」

ミゼットは赤い機体に手を触《ふ》れる。

そして、この機体と同じ髪の色をしたあの少女のことを思い出していた。

過去編　ミゼット・エルドワーフ　1

――三十年前。

『エルフォニア』王都中心部に位置する貴族街、更《さら》にその中心にあるエルフォニア王家ハイエルフ族の本城『ゴールドワイズ』では、大規模な式典が催《もよお》されていた。

本日は第一王子エドワード・ハイエルフの軍事部元帥《げんすい》への就任記念式典である。

エドワードは豪華《ごうか》絢爛《けんらん》な装飾《そうしょく》の施《ほどこ》された金色の衣装を身にまとい赤い高級カーペットの上を悠然と歩く。自信と自負に満ち溢れたその表情は、まさに魔石資源によって富めるエルフォニア貴族の繁栄《はんえい》を象徴するかのようであった。

式典に参列するのは、これまた豪華絢爛に着《き》飾《かざ》った名だたる名家の貴族たち。

四大公爵《こうしゃく》家、国政各部門長官、元老院理事、上級貴族、誰《だれ》もが皆《みな》土地も財も権力もほしいままにする者たちである。

今参列している者たちの資産を合計すれば、大陸第三位の国富を誇るエルフォニアの富の70%にも及ぶというのだから恐《おそ》ろしい話である。

「よろしく頼《たの》むぞ……エドワード」

壇上《だんじょう》に登ったエドワードに任命状を渡《わた》すのは現国王、グレアム・ハイエルフ。

現在、齢《よわい》二百二十歳。いくら魔力量に優《すぐ》れたエルフ族とは言え、さすがにこの年にもなれば老いが体に出始める頃《ころ》だがグレアムは未《いま》だ若々しく壮健《そうけん》であった。目元に多少シワが見え始めたが見た目の年齢は人間族で言えば三十代半ばと言ったところだろうか。

今まさに活力に満ち溢れた年頃《としごろ》のエドワードが隣《となり》に並んでも決して見劣《みおと》りしないその様は、まさしく王のものである。

「承《うけたまわ》りました。必ずやエルフォニアとハイエルフ王家の力になることをこの場で、初代国王ディオニシウスに誓《ちか》いましょう」

そう言って恭《うやうや》しく片膝《かたひざ》をついて国王に頭を垂れるエドワード。

参加者たちから割れんばかりの拍手《はくしゅ》が響《ひび》き渡る。

耳にうるさい程《ほど》の大きさである。誰も彼も過剰《かじょう》なまでに強く手を打ち鳴らす。

盛大に祝わなくてはならないのだ。目の前にいるのは軍部の最高司令官にして確実に次期国王になる男。その祝いの席で、拍手にやる気を感じられなかったなどという理由で自らの出世や商売にケチをつけたいものなどいない。

そう、普通はいない。

今日というこの日は、諸侯《しょこう》は万難《ばんなん》を排《はい》してこの式典に参加しているのだ。

一人の例外を除いて。

（まったく、あのうつけ者は。兄君の晴れ舞台《ぶたい》にまで出席せんとは……）

（なに、よいではないですか。あのような混ざりものがいては、せっかく異物がいなくなって綺麗《きれい》になった王宮の空気が臭《くさ》くなる）

（ははは……それもそうですな）

（それくらいにしておきなさい、もし本人の耳に入ったらどんな嫌《いや》がらせをされるか）

そんな呟《つぶや》きが色々なところから聞こえてくる。その陰口《かげぐち》の対象は仮にもエドワードと同じエルフォニア王家の者なのだが、誰もその陰口を咎《とが》めようとしない。

仮にエドワードに対してこのような言葉を向ければ、その場で会場全体から顰蹙《ひんしゅく》を買い二度と社交界に顔を出すことが出来なくなるだろうに。

（まったく。面汚《つらよご》しとはまさにあのエルドワーフのようなことを言うのでしょうな）

四大公爵家の家長の一人が、隠す気もない嫌悪《けんお》と共にそう言った。

□□□

「……って感じで、色々と陰口叩《たた》かれとるんやろな」

当の本人、ミゼット・エルドワーフはバンダナに安物のシャツという圧倒的にラフな格好で市中をほっつき歩いていた。

当時の年齢は二十歳。と言ってもエルフォニア全体を見回しても屈指《くっし》の魔力量を持つミゼットは、三十年後とほぼ容姿は変わらない。

そんなミゼットは、頭の後ろに手をやりながら遠方にデカデカとそびえる『ゴールドワイズ』を見て、「なんともクソアホくさい話だ」と思うのである。

豪華絢爛な装飾、無駄《むだ》に豪勢《ごうせい》な食事、どうせ今頃《いまごろ》血筋の差に嫉妬《しっと》しつつも王族の富のおこぼれにあずかるためにしたくもない拍手をしているのだろう。

「ほんま、時間と金と精神力の無駄やわ」

ミゼットという男には表面だけ高貴に取り繕《つくろ》ったこのノリが心底合わなかった。

そもそも今日の主役のエドワードも兄弟の中でもかなり気にいらないので、なおさら参加してやる義理などない。

「人生時間は有限や。おもろくもないことに使っとる時間はないで」

というわけで、本日もミゼットは城下町におりて有意義な時間を過ごすのである。

ちなみにその有意義な時間とは。

「さてさて、どっかに可愛《かわい》い子はおらんかな？」

ナンパである。

果たしてそれは有意義な時間と言えるのかは疑問を持たれるかもしれないが、少なくともエルフも生殖《せいしょく》によって種を存続する生物である。金のかかった儀式《ぎしき》をして繁殖《はんしょく》するわけでもないのだ。まだ自分の時間の使い方の方が有意義であると断言するミゼットである。

「んー、あの子は顔はええんやけど、体つきがいまいちやねんな」

ミゼットの好みは肉付きがいい女である。

顔も少し気の強そうな感じがいいというような好みがあったりするのだが、最重要はそこだったりする。

エルフ族は容姿が整っていないものを見つけるほうが難しいほど美女揃《ぞろ》いである。だが悲しいことに、その体型はほとんどがスレンダーなのである。

エルフは生来脂肪《しぼう》を蓄《たくわ》えにくい種族であり、平均カップ数Ａカップの種族である。もちろんスラッとした美女が好みであればまさにこの国はパラダイスであろうが、そこはもう好みの問題である。

ミゼットとしては最低でもＣは欲《ほ》しいし、そこさえクリアしていればむしろ容姿は問わないまである。

ざっと八人ほど「体のお付き合い」をする女性のいるミゼットだが、この条件をクリアする彼女らを見つけるのには苦労したものだ。

「やっぱり、エルフ族にはこうピンと来る子がおらんなあ……おっ⁉」

前方約10m。ミゼットの高感度探知魔法の如き眼力が、それを捉《とら》えた。

地味な灰色の作業着を押し上げる二つの大きな山脈。そのサイズ推定90オーバー。

すぐさま、焦点《しょうてん》を胸部から全身に切り替《か》える。

年齢は自分よりも一、二歳下だろう。十七か十八歳あたり。手につけているのが低い魔力量を示す黒いミサンガであるため見た目の年齢と実際の年齢に大きな差はあるまい。

特徴的《とくちょうてき》なのは後ろで結んだポニーテールにした赤黒い髪。身長は女の割にはかなり高く180センチは優に超《こ》えているだろう。手足は長く、だが細身と言うよりは締《し》まるところは引き締まりつつも胸だけでなく全身の肉付きがいい。

そして顔立ちだが、コレまたミゼット好みの少し気の強そうな切れ長の目とハッキリとした鼻梁《びりょう》の持ち主だった。

「……勝ったわ」

ミゼットは一人そんなことを呟いた。

早速《さっそく》スタスタと早足で女の下に歩いていく。

ちょうど女は露店《ろてん》で果物を買い終わったところだった。手に持った紙袋《かみぶくろ》にはすでにそれなりに物が入っている。この店かその次くらいでおそらく買い物を終えるだろう。

しからば、素早《すばや》く声をかけるのみ。

「なあなあ、そこの素敵《すてき》なお嬢ちゃんちょっとええか？」

「なによ？」

ミゼットに肩を叩《たた》かれて女が振り向く。

その目は若干《じゃっかん》だが不機嫌《ふきげん》そうだったが。

（おお、コレはコレは）

ミゼットは改めて近くでその容姿を見て感心する。まさに自分の好みそのままである。

今日はいい日だ。

ちなみに、お眼鏡にかなう相手を見つけるのにはかなり苦労するミゼットだが、見つけた後はコッチのものである。

少々軽薄《けいはく》そうだがエルフ族の中でもまた一段と整った容姿に女の警戒心《けいかいしん》を解きやすい低い身長、そして混血とはいえエルフォニア王国第二王子というステータスもある。

ナンパの成功率はかなり高く、例外は相手にすでに付き合ってる相手がいるか既婚者《きこんしゃ》だったときくらいである。それでも軽く話をしてとりあえず女友達になるまではまず行ける。

「いや、すまんな。ワイ、ミゼット・ハイエルフゆうねんけど」

普段《ふだん》はいけ好かないと思っているハイエルフ王族というステータスだが、ナンパのときだけはありがたく使わせてもらっている。

「びっくりするくらいワイの好みだったんで後悔《こうかい》したくないから声掛《か》けさせてもらったわ。えっと、よければ名前教えてもらってええ？」

「……なんでアンタに教えなくちゃいけないのよ」

女はこれまた不機嫌そうにそう言ってきた。

だが、この程度で怯《ひる》むミゼットではない。

「まあ、そう言わずに。せっかくの可愛い顔が台無しやで。さっきも言ったけど、ホント一目《ひとめ》惚《ぼ》れさせられてもうたんや。コレはもう運命や思ったな。責任とって名前くらい教えてくれてもええやろ？　な？」

甘《あま》いマスクと臆面もなく一目惚れしたなどと言い放てる自信に満ちた態度。こういうので大半の女というのはとりあえずこちらに興味くらいは持つものだが。

「……イリスよ。イリス・エーデルワイス」

ところがこの女、イリスは心底興味ないといった様子だった。それどころか、鬱陶《うっとう》しいという嫌悪を隠そうともしない。

「名前教えたわよ。満足した？　じゃあね」

そう言ってスタスタと帰ろうとする。

「あ、ちょ、待ってくれってー」

ミゼットはイリスの後を追いかけていく。

二人の出会いは決して運命的なものではなくただのナンパ。

最初の印象もミゼットはともかく、イリス側にとっては悪いものだったことだろう。

だがともかく、その日二人は出会ったのだ。

□□□

ミゼットはかなり美形の部類である。特にエルフ族の価値基準では最上級の部類に入ると言ってもいい。

なので普段は初対面の女性にいきなり冷たく当たられることなど滅多《めった》にないのだが、どうやら本日目をつけた少女には不評だったようである。

がまあ。

ちょっと冷たくされた程度で引き下がるミゼットではない。

なんとも救いがたい性分《しょうぶん》であるが、むしろ興味が湧《わ》いた。

そんなわけで。

「……つか、アンタなんでさっきからついてくんのよ!!」

少女、イリスは後ろを振り返りながらそう叫《さけ》んだ。

長身にふさわしく、女性の割にハスキーで芯《しん》のある声だった。

「いや、だからさっきから言うとるやんけ。一目惚れしたからお話ししたいんやって」

「それはさっきから断ってるじゃない」

「まあまあ、そう言わずに」

「第一なんでアタシなのよ。他にも女なんてもっと綺麗に着飾った子がいるでしょう」

確かにイリスは整備士が着るような灰色の地味な作業着を着ており、髪も乱雑に後ろに束ねている。とてもではないがオシャレとは言えない。

「惚《ほ》れてもうたもんはしょうがないわ。てかなに、ワイの女の子の好みに興味あるの？　それならちょっとそこの店で、じっくり話したるで。よし決まりや、ほな行こか」

「決まるな!!　ついて来るな!!　アタシにはそんなことをしてる時間もないし興味もない!!」

イリスはそういうと、そのあとはミゼットが何を言っても無視してスタスタと早足で歩いていく。

「……時間と興味がないねえ」

ミゼットはイリスの後を歩きながらそう呟く。

ナンパをした時によく最初に言われる断り文句の一つだが、そういう子に限って優《やさ》しく強く押せば心を開いたものである。当たり前だ。我ら人は半分生殖して子孫を残すために生きているようなものなのだから。

要はただ自分は安い女ではないと言っているか、自分はそういうことに興味がない硬派《こうは》な人間なんですと言い聞かせているだけだろう。

だが、どうもこのイリスという少女はそういう「なんちゃって」な者たちとは違う気がする。

（ふはは、ますます興味が湧くやないか）

そんなことを思いつつ、イリスの後についていくと木造の二階建ての古びた一軒家《いっけんや》が見えてきた。

おそらくここがイリスの家だろう。

エルフ族の庶民《しょみん》は、国中に生えている魔力樹に穴を掘《ほ》る形式の住居を利用しているが、イリスはそれには当てはまらず一から建てた家だった。

イリスは玄関《げんかん》の前で立ち止まると言う。

「……ねえ」

「なんや？」

「家ついたんだけど」

「お邪魔《じゃま》してもええ感じ？」

「違うわよ‼　もう帰れって言ってるの‼　いい加減にしないと憲兵呼ぶわよ」

ミゼットはヘラヘラしながらははと笑って言う。

「ワイ、王子。憲兵捕《つか》まえるの無理」

「最低なクソ野郎《やろう》ね……」

イリスのこめかみにピキピキと青筋が浮かんだ。

……どうやらこの辺が潮時らしい。

「ちょっとお話ししてくれればええんやけどなあ。まあ、ええか。今日のところはこれで帰るわ。ほなまたな～」

「明日以降も来るつもりなのかよ‼」

イリスが背後でそう叫んだのを聞きながら、ミゼットはヒラヒラと手を振って帰っていった。

□□□

久しぶりに面白《おもしろ》い女の子を見つけたと上機嫌《じょうきげん》でミゼットは、居住地であるハイエルフ王家王城『ゴールドワイズ』に帰ってきた。

あいも変わらず豪華《ごうか》なだけで使いみちのない調度品の並ぶ長い廊下《ろうか》を自室に向けて歩いていると、ある一団とすれ違う。

「いやはやしかし式典での祝辞、お見事でしたぞロズワルド公爵」

「まさしく!! 『エルフォニア』の長きに渡る歴史に残る名文でございました」

「よいよいそこまで褒めなくても。今日の主役はエドワード王子だったのだ。そういう話は来月我が屋敷《やしき》で開く社交界で言ってくれ。君たちも参加するだろう? ウィンザード伯《はく》にラッセル男爵《だんしゃく》?」

「ええ、それはもう」

「先日行商人から買い上げた大変気品のあるガラス細工を入手しまして。是非手土産《ぜひてみやげ》に持っていかせていただきたいのですがよろしいでしょうか?」

「ははは、良きに計らえ」

もはやテンプレートすぎる金満利権まみれの貴族らしい会話を撒《ま》き散らしながら歩く彼らは、四大公爵家の一つロズワルド家の当主とその取り巻きたちだった。

「む？」

利権金満公爵のロズワルド大公がミゼットに気づく。

取り巻きと共に先程まで緩《ゆる》みきっていた金満顔を一変、露骨に不快そうに顔を顰《しか》める。

「これはこれは、ミゼット第二王子。今帰りですかな？」

しかし、ロズワルドも権力渦巻《うずま》く『エルフォニア』貴族界で生きる人間、すぐさま作り物過ぎて逆に気味の悪い笑顔《えがお》を作るとミゼットの方に会釈《えしやく》してくる。

まあ、アクセントを「第二」の部分につけている辺りで、本心は赤子の寝小便《ねしようべん》の如くビシャビシャに漏《も》れているが……。

「国王陛下が久しぶりに顔が見られると思ったのにと残念がられていましたよ」

「堅っ苦しいのは苦手やねん。むしろあんさんらようあんな暇で無駄な時間我慢《がまん》できるなと感心するで」

ミゼットの言葉に、貼《は》り付けた笑みの下で右目の下の表情筋がピクリと動く。

内心苛立《いらだ》ったのだろう。忙《いそが》しい表情筋である。

「そうですかそうですか」

ロズワルドはそう言うと再び歩きだす。

「では私はコレで失礼しますね……エルドワーフ様」

すれ違いざまに言ったロズワルドのその言葉に、取り巻きたちがクスクスと笑う。

エルドワーフ。

ミゼットに対する貴族内での蔑称《べっしょう》はいくつもあるが、そのうちの一つだった。

エルフとドワーフのハーフという意味である。まあ、混ざりものだの汚れた血だのと同じ意味である。

まあそれ自体は、別にどうでもいいことなのだが、それを蔑称として扱《あつか》うというのは大変気に入らなかった。

なので……。

「なあ大公、ちょっとええか」

「……おや、なんでしょう」

「実は最近、こんなもん作ったんやけど」

振り向くロズワルドに、ミゼットはいつも持っている革袋《かわぶくろ》からあるものを取り出してその先を向けた。

カチャ。

それは、黒光りする金属でできた筒《つつ》であった。L字になるように持ち手がついており人差し指を伸《の》ばしたところに、小さなレバーが下向きについている。

「な、なんですか、それは」

見たこともないものだったが、ロズワルドは震《ふる》える声でそう言って後ずさる。

第二王子はとんでもない道具を製作する。

というのが貴族たちの共通認識《にんしき》だった。これまでも、一切の魔法《まほう》の気配もなく庭園の一角でオブジェが吹《ふ》っ飛んだり、ミゼットに嫌がらせをしようとした人間が突然《とつぜん》血を流してのたうち回ったりするという事件がおきているのだ。

「なんやと思う？」

ミゼットはニヤニヤしながら、筒の先を向けてロズワルドに一歩近づく。

一歩後ずさるロズワルド。

「お、お待ちくださ」

「ばーん」

「ひぃ!!」

ロズワルドとその取り巻きたちが一斉に、頭を押さえて身を縮こまらせる。

「なんちゃって」

「ご、ご冗談がすぎますぞ、このことは第一王子と国王陛下に報告を」

パン!!

ミゼットが引き金を引いたことで、内部に入っていた弾丸《だんがん》が飛び出した。

ガシャアアアアアン!!

という音と共にロズワルドたちの横にあった壺《つぼ》が砕《くだ》け散った。

「ひいいいいいいいいいい!!」

非常に情けない声を上げて尻《しり》もちをつくロズワルド。

この男に飛び出した弾丸を目で追えるほどの動体視力はないし、ミゼットオリジナルの魔法道具の仕組みなど知るはずもない。よって彼《かれ》らには、全く魔法を使った気配もなく急に遠距離《えんきょり》攻撃《こうげき》が飛んできたように感じられるのだ。

その恐怖《きょうふ》はなかなかのものだろう。

「ふん。アホくさい」

そんな簡単にビビるくらいならはじめから嫌味《いやみ》など言って喧嘩《けんか》を売らなければいいものを。

「いい加減に城内で騒動《そうどう》を起こすのはやめにしてくれないかいミゼット」

優美で芯の通った声が聞こえてきた。

異母兄であるエドワードだった。普段から豪華で機能性の悪そうな服を着ているが、今日は式典があったこともありいつにも増して実用性の低そうな格好であった。

「君の母親のアレは、異物ではあったが身《み》の程は弁《わきま》えていたんだがね。少しはその辺りの謙虚《けんきょ》さを教わらなかったのかい」

「ふん」

ミゼットは五人いる兄弟の中で、この男が一番嫌《きら》いだった。重罪を犯《おか》して現在国際指名手配犯として悪い意味で活躍《かつやく》中の長女のほうがまだマシである。

「その、謙虚さに対する報《むく》いが『アレ』か？」

ミゼットの言葉に、エドワードは。

「ふん。十分に報いただろう。王妃《おうひ》としてのステータスにこの庶民では一生手に入らないほどの富に囲まれた王城で何不自由なく暮らせたのだからな」

「……」

ミゼットはエドワードを睨《にら》みつけるが、すぐに首を横に振ってその場から去ることにした。

「……一生分からんやろな、エドワード。お前には」

□□□

「おはよーさん、愛《いと》しのイリスちゃん」

「……ほんとに来たのね」

翌日ももちろん、ミゼットはイリスの家にやってきた。

「当然やで。たった一日拒絶《きょぜつ》されたくらいで引き下がるほど、ワイの愛は軽くないで」

「……もう勝手にしなさいよ。ただアタシの邪魔をしたらキレるわよ」

イリスはそういうと、家の隣にある倉庫の方へ向かった。

現在時刻は早朝であるが、その格好はすでに昨日と同じ地味な作業着である。

年頃の娘《むすめ》にしてはあまりに色気の無い格好だった。素材がいいので着飾れば素晴《すば》らしいことになると思うのだが……。

いつか、この少女にメイド服か露出度《ろしゅつど》の高い赤いドレスを着させようと決心しつつ、ミゼットも倉庫の方へ向かう。

「ふんっ」

イリスは結構重そうな倉庫の扉を一人で開ける。魔力《まりょく》による身体強化を使った様子もないので単純に力が普通《ふつう》の女性よりも強いのだろう。昨日から気づいてはいたが、長身で肉付きのいいその体はかなり丁寧《ていねい》にいいバランスで鍛《きた》えられている。

そして、倉庫の中にあったものを見て。

「ああ、なるほどな」

ミゼットは一風変わったイリスという少女の存在に得心がいった。

「イリスちゃん、マジックボートレーサーやったんやな」

そこにあったのは、やや古い型の直線型ボートだった。

イリスはミゼットの言葉には答えずボートのメンテナンスを始めた。

工具を使って部品を一つ一つ分解しながら点検していく。その手際《てぎわ》はミゼットから見てもなかなか手慣れていた。マジックボートの龍脈《りゅうみゃく》式加速装置は構造が複雑で、整備にはかなり高度な専門知識がいる。

そのためレーサーは整備士とチームを組んで役割分担する者が多く、レーサーの中には留め具の締め方《かた》すら分からない者もいるくらいだが、どうやらイリスは全《すべ》て自分でやっているようだった。

分解して点検した部品を今度は一つ一つ組み立て直す。

そして、最後に加速装置を起動し動作を確認《かくにん》するのだが。

ゴガガガガガガ。

と、加速装置からはなぜか少しノイズの混じった音がした。

「はあ。やっぱりか」

イリスはため息をつく。

「なんや、調子悪いんかこのボート」

「ん？　ああ、前のレースからちょっとね。まあ、結構年季の入ったやつなんだけど、コイツが動いてくれないと困るのよね。新しいの買う余裕なんてないし」

イリスは再びボートを分解して一つ一つの部品を点検するが……。

「はあ、駄目《だめ》ね。どこがおかしいのか分からないわ」

そう言って、立ち上がる。

「闇雲《やみくも》にいじってもダメそうだから、ちょっと一回走って来るわ。アンタここにいてもいいけど、勝手に部品とかいじったりしないでね」

そう言ってイリスは軽くストレッチをすると駆《か》け足《あし》で倉庫を出ていった。

そのフォームはなかなか綺麗で力強く、日頃《ひごろ》からレーサーとして鍛錬《たんれん》を欠かしていないことを感じさせる。

「さて……」

ミゼットはイリスが出しっぱなしにしていた工具の一つを手にとった。

□□□

ミゼットが作業台に瓶《びん》を置いて酒を飲んでいると、イリスが帰ってきた。

「おう、おかえりイリスちゃん。汗《あせ》に濡《ぬ》れてるところもめっちゃキュートやで」

倉庫を出ていってから約二時間。かなりハードなトレーニングをしてきたのだろう、息が上がり服は汗でぐっしょりと濡れていた。

「まだ帰ってなかったのかよ……って」

イリスはボートの方に目をやると、血相を変えてミゼットの方を睨んだ。

「ちょっと!!　アンタなんかいじったわね!!」

「はて、なんのことやら？」

「嘘《うそ》つくんじゃないわよ。工具の位置が変わってるし、接着液の量も減ってるじゃない」

イリスは手近にあったハンマーを手に持つ。

その表情は、それまでとは比べ物にならないほど苛立ちを顕《あらわ》にしていた。

「アンタね。つきまとって来るのはまだ許すけど、レースの邪魔をするのは絶対に許さないわよ」

「ははは、怒《おこ》った顔も可愛いやんけ」

ピキピキと青筋を浮《う》かべるイリス。

今にもハンマーを持って襲《おそ》いかかってきそうである。

「まあワイをそれで殴《なぐ》るのも結構やけど……その前にイリスちゃん、加速装置起動してみ？」

「どういうことよ？」

「まあまあ、ええから。ワイがいじって変なんなったか確かめる必要もあるやろ？」

ミゼットの言葉を訝《いぶか》しみながらも、イリスはボートの加速装置に魔力を送り込んだ。

すると。

コオオオオオオオ、と。

さっきまでとは真逆の綺麗なエネルギー噴出音《ふんしゅつ》が倉庫に響き渡った。

「……嘘」

イリスは呆然《ぼうぜん》としてその噴出音を聞く。

「『グリフォンビート』からこんな澄《す》んだ音が出るなんて……」

『グリフォンビート』とはこの機体の名前だろう。

龍脈式加速装置の調整の良《よ》し悪《あ》しは、噴出音で分かると言われている。

できるだけノイズの無い澄んだ音が出ているほどよいコンディションである。

しかし、経年劣化《れっか》が進むたびにどれだけ調整してもノイズは大きくなってしまうものであり、この年季の入った直線型ボートも例に漏れず調子のいいときでもボート全体を叩くような、鈍《にぶ》い振動音《しんどうおん》がしていたものである。

それが今では、まるで若々しく生まれ変わったかのように淀《よど》みなく力を発揮している。

「エレメントクリスタルの固定軸《じく》がずれとったんやな」

かなり分かりにくい故障だったがミゼットが普段作っている魔法道具に比べれば、まだまだ単純なものである。

まあ、レーサーもやりつつこのレベルの分かりにくい不具合を調整できる者は確かにほとんどいないだろうが。

「他にもちょいちょい劣化してる部分を調整して、まあ、ロートル機体やけど整備自体は丁寧にやっとったから、ワイの手にかかればこんなもんやな」

「……」

イリスはミゼットの顔とボートを交互《こうご》に見つめて、自らの手に持っているハンマーを見ると作業台にゴトリと置いた。

「なんだ、その……」

頬《ほお》を掻《か》いて言いづらそうにするイリス。

ミゼットはいつも通りのニヤケ顔で言う。

「礼ならいらんよ……オッパイ揉《も》ましてくれたらそれでええ」

「そう……って、思いっきり要求してるじゃない!!」

「は？　当たり前やろ。ワイがオッパイのため以外に行動すると思っとんのか？」

「見直しかけて損したわ……」

イリスは「はあ」と大きなため息をついた。

「まあでも……その、なんだ……」

イリスは少し顔を赤らめると。

「礼は言うよ。ありがとうな……」

照れくさそうにそう言った。

「……」

ミゼットはその表情を見て。

（……なんや、真面目《まじめ》に可愛いやんけ）

いつも険しい顔をしてムスッとしているが、こういう少女らしい顔もできるではないか。

そう思ったミゼットだった。

「それで、レースはいつなんや？」

「え？」

「だから、レースやって。レーサーなんやろ？」

「……見に来るつもりなのか？」

「そらそやで。愛しのハニーのレースやぞ」

「アンタのハニーになった覚えはないわよ」

イリスはそう言ったが、その後少し考えて。

「……でも、そうよね。メカニックなら自分の整備した機体の試合は見たいわよね」

うん、と頷《うなず》いてイリスは言う。

「分かった。一応関係者用のチケット持ってるからあげるわ」

「おおきに」

「せっかくこんなに完璧《かんぺき》に整備してもらったんだから、恥《は》ずかしくないレースしないといけないわね」

イリスは強い決意の宿った目でそう言った。

□□□

さて、三日後。

ミゼットはチケットに書かれている会場に時間通りにやってきた。

会場は『スネイクパーク』。

コースの特徴《とくちょう》はその名の通り入り組んだ急なカーブと、多数のターンポイントである。

とはいえ龍脈による水の循環《じゅんかん》は遅《おそ》く水質も柔《やわ》らかいため、走行難易度的には低めである。

本来はメジャーレースも行われるコースだが、本日行われるのはマイナーレースだった。

マジックボートレースには、メジャーレースとマイナーレースが存在する。

マイナーレースはマジックボートレース協会が行っているもので、メジャーレースと違《ちが》いスポンサーが付かないため、かなり賞金は少ない。

マイナーレースで一定以上の成果を挙げられた選手やチームがメジャーレースに参加できる。

つまり、ここにいるのはまだ二流未満の選手ということだろう。

そんな彼らとイリスは競《きそ》うわけである。

□□□

昼を過ぎた辺りからレースは始まった。

開始とともに加速スタートでスタートラインを駆け抜《ぬ》ける十機のボートたち。

5番のイリスは絶妙《ぜつみょう》なタイミングで飛び出した。スピードもきっちり最高速、フラインもしていない。コンマ一秒レベルの完璧なスタートである。

すぐさま先頭に躍《おど》り出るイリス。

「おお、やるやんけ」

しかし。

「……まあ、こうなるやろな」

イリスは最初の大きなリードを徐々《じょじょ》に詰《つ》められ、十五周のレースで残り四周までには二番手につけていたボートに追い越《こ》されていた。

それは必然。理由はイリスが手首に黒いミサンガをつけた魔力障害をもつ魔力量第六等級のエルフだから。

ただそれだけの理由である。

相手が特別凄《すご》いということではない。一流やそれに近いレーサーはメジャーレースに上がっているのだ。マイナーレースの参加者は、一部のスターの原石を除いて二流未満の選手たちである。

技量だけならイリスが劣《おと》っていることなど決してない。

しかし、魔力量が少ないイリスはレースの最後まで魔力を持たせるために魔力を節約して走る必要がある。

そのせいで生まれる不利はいくつもある。

最高速度が僅《わず》かだが遅くなる。

魔力を大量消費する急激な速度の切り替えができない。

体を守る防御魔法《ぼうぎょまほう》に割《さ》く魔力量を微細《びさい》に調節し続けなければならない。

身体強化に回す魔力がほとんど無いため、素の筋力でボートを操《あやつ》らなければならない。

細かいものはもっとあるが、大まかに言ってもこれだけあるのだ。

むしろ、これだけのハンデがあって終盤《しゅうばん》までトップを維持《いじ》できたというのだから、技量そのもので言えばイリスは圧倒的《あっとうてき》と言ってもいい。

だが、現実は素質無きものに残酷《ざんこく》。

すでに最終ラップでイリスは五位。トップとの差は15m以上ある。

残るは『スネイクパーク』名物200m長の超《ちょう》ロングホームストレートのみ。小細工などしようがない純粋《じゅんすい》な直線勝負。

そもそも、最高速が僅かだから周囲より劣るイリスには絶望的だ。

「……ここまでやな」

ミゼットがそう言った瞬間《しゅんかん》。

イリスは一度目を閉じて深く息を吸い込んだ。


（……私に力を）


その声がミゼットに聞こえたわけではなかったが、遠視魔法で遠目からその口元を見たミゼットは驚愕《きょうがく》する。

「ばっ、まさか、イリスのやつ!!」

（私に力を。歯を食いしばり、血のにじむほど握《にぎ》りしめたこの手に掴《つか》みたい勝利があるから）

今イリスが口にしているのは、ある魔法の詠唱《えいしょう》である。

（『界綴強化魔法《かいていきょうかまほう》』、贄体演舞《サクリファイス・ゲイン》!!）

その瞬間、魔力を察知する能力が高いものだけはイリスの変化に気がついた。

魔力量が急激に向上したのである。

『界綴強化魔法』。

世界にたった三種類しかない禁忌《きんき》指定魔法の一つである。

名前の通り自然の力を操る『界綴魔法《かいていまほう》』と自らの体を強化する『強化魔法』の両方の性質を持つ魔法である。

自然の中に存在する膨大《ぼうだい》な自然魔力エネルギーを本来なら火や風などに変換《へんかん》し敵を攻撃《こうげき》するのが界綴魔法だが、界綴強化魔法はそれを自らの体の中に取り込み能力をブーストする。

その能力の上昇率《じょうしょうりつ》は通常の強化魔法とは比較《ひかく》にならない。

が、問題はその自然魔力エネルギーというのが人体にとって有毒であるという点だ。

そもそも自然のモノは、そのままでは大半が人体には有毒なのである。

例えば我々が普段飲んでいる水ですら、消化器官を通さずに直接血管に入れば人体に甚大《じんだい》な被害《ひがい》を及《およ》ぼす。

『界綴強化魔法』とはすなわちそういう毒を大量に自分の体に流し込むことで使用する代物《しろもの》である。

人間族たちが使っても人体に甚大な影響《えいきょう》を及ぼす危険な魔法だが、こと生命力を魔力経絡《まりょくけいらく》に依存《いそん》しているエルフ族にとってはそんな程度では済まない。

だが、大きな代償《だいしょう》の分得られる力は凄《すさ》まじいものがある。

今回イリスが使ったのは、魔力をブーストするという単純な強化をもたらす魔法だったが。

ゴオオオオオオオオオ!!

という唸《うな》りのような音と共に、イリスの機体が加速する。

龍脈式加速装置は一定以上自分の魔力を送りこんでも最高出力が上がるわけではない。

しかし、自然魔力エネルギーに関しては元々『龍脈』という自然魔力エネルギーを出力に変える装置であるため、一度人体に入れたものをアクセルを通して凄まじい量で一気に流し込むことで、最高出力を向上させることは可能である。

ぐんぐんとスピードを上げて一人、また一人と前方のボートを抜き去っていくイリス。

本来ならありえぬ速度にボートは暴れているが、見事に抑え込んでいる。

その口元からは、一筋血が垂れてきている。

今まさに、全身に自然魔力エネルギーが毒のごとく回り、その体を傷つけていることだろう。

凄まじい激痛のはずだ。今すぐにでもハンドルを離《はな》して転がり回りたいほどの。

だが、イリスは歯を食いしばり耐《た》える。その目に宿るのはゴールへの執念《しゅうねん》と狂気《きょうき》。

そして……。

□□□

レースが終わったあと、ミゼットはすぐに選手控室《ひかえしつ》に行く通路の横にある噴水《ふんすい》の側に行った。

そこには。

「……ぐふっ、がはぁっ」

レースを終えたイリスが土の上に膝《ひざ》をついて、地面に向けて吐血《とけつ》していた。

言うまでもなく『界級強化魔法』の代償である。

魔力量が少ないイリスが略式詠唱で使用してこのレベルの負荷《ふか》だ。どれだけ危険な魔法か馬鹿《ばか》でもわかる。

「……はあ、はあ、はあ」

何度もえずいて、息を乱しながら小さな水溜《みずたま》りができるくらいまで血を吐《は》き出すと、ようやく呼吸が落ち着き始める。

「まったく、無茶《むちゃ》しよるな」

「……ああ、アンタか」

イリスは噴水の水で手と口を洗いながら言う。

「悪いわね。せっかく最高の調整してもらったのに……」

「……」

そう、本日のレースの結果は二位。

マイナーレースでは優勝者しか表彰台《ひょうしょうだい》に上がらない。今頃《いまごろ》、イリスの猛追《もうつい》をギリギリのところで逃《に》げ切った相手は、マイナーレースながらも称賛《しょうさん》と賞金を手にしているだろう。

ちなみに魔力量は第二等級、第一等級がベストだが一流の領域に食い込める権利を持っている者である。

一方、その資格がない第六等級の少女は、コレほどの犠牲《ぎせい》を払《はら》っても地に這《は》いつくばっている。賞金は出るのだが、マイナーレースの二着など控《ひか》えめな生活をしても数ヶ月で簡単に消えてしまう程度のものだ。

「立てるかイリスちゃん?」

「……ええ」

イリスはふらつきながらも立ち上がる。

「肩《かた》貸したいとこやけど、この身長差やとな。ってなわけで」

ミゼットはいつもの革袋に手を入れると、白い車体の車輪が四つついた馬の無い馬車が出てきた。後方には荷物を置くスペースがついている。

「……いや。それ、どう考えてもその袋《ふくろ》に入るサイズと重さじゃないでしょ」

呆気《あっけ》にとられるイリス。

「収納用の空間魔法や」

「一応これでも小さい頃《ころ》は有名な魔法学院で勉強したけど、そこまで都合のいい収納魔法は聞いたことないわよ」

ミゼットはいつもと変わらずニヤニヤしながら言う。

「当たり前や、ワイのオリジナルなんやから。ほら、助手席乗っときや。ボートはワイがとってきたる」

過去編　ミゼット・エルドワーフ　2

「……ふう」

家に戻《もど》るとイリスは倒《たお》れ込むように椅子《いす》に座《すわ》り込んだ。

「おつかれさん。水でも飲むか？」

そう言ってミゼットはコップに水を汲《く》んでイリスに差し出す。

「……なんで、どさくさに紛《まぎ》れて家入って来てんのよ」

「まま、そんな硬《かた》いこと言わずに」

「はあ……ええ、ありがたくもらうわ」

そう言ってミゼットからコップを受け取るイリス。

疲労《ひろう》が濃《こ》いのかミゼットに対する当たりもいつものようなキレがない。

「なあ、イリスちゃん」

「なに？」

「いつからこんな無茶するようになったんや？」

「……」

沈黙《ちんもく》するイリス。

ミゼットはイリスの部屋を見回す。

モノの少ない部屋だった。

年頃《としごろ》の女の子らしい小物の一つもない。置いてあるのは最低限の家具、そしてボートの整備用の部品だけだった。

イリスという少女がどれだけストイックにボートレースに取り組んでいるかが伝わってくる。だからこそ、この少女があの危険な魔法をレースに使用したのが初めてとは思えなかった。

「……ルール違反《いはん》ではないわ」

「そらそうや。誰《だれ》も使おうとせえへんからな」

魔力の回路、魔力経絡に生命力を依存しているエルフにとってその損傷は命に関《かか》わる。

『界級強化魔法』はまさにその魔力経絡に大量の毒を流し込むような魔法である。さすがにイリス程度の魔力で略式詠唱での使用であれば死ぬようなことはないが、確実に寿命《じゅみょう》を削《けず》る事になっているはずである。

ルール上使用が禁止されていないのも、エルフ族が長く生きることを尊ぶ種族であるため、大事な寿命をレースのために使うのがナンセンスという考えが一般的《いっぱんてき》だからである。

イリスは力のない声で、しかし決意を込めて言う。

「言っとくけど、やめないわよ。アタシは『エルフォニアグランプリ』で優勝するんだから……」

少女は確かにそう言った。

「それは、本気で言うとるのか？」

ミゼットはそう問う。

「今日のレース見て確信したが、確かにイリスちゃんの操縦技術は圧倒的や。技術だけ見れば冗談抜《じょうだんぬ》きでメジャーレースでも肩を並べられるやつは、一人を除いて心当たりが無いくらいや」

「当然よ。アタシは全てをレースに捧《ささ》げているもの」

どんなにストイックな選手でもなかなかそこまで断言していうのは難しい言葉だが、イリスは確信を持って言った。

そんなことは言われなくてもミゼットには分かっていた。

このレースに関係ないものの一切《いっさい》無い部屋、本人も年頃の少女であるにもかかわらず一切飾《かざ》り気《け》はなく、一日一緒《いっしょ》にいても寝《ね》てる時以外の大半の時間は近くの池で練習。

余った僅かな時間で、トレーニングかボートの整備、そしてマジックボートレースの情報誌を買っての情報収集。

そんな日々を冗談抜きでずっと過ごしてきたのだろう。

まさしく全てを捧げている。

「でも、マイナーレースですら優勝できない。そやろ?」

「……」

イリスは黙《だま》ってしまう。

そう、今こうしてこれだけ満身創痍《まんしんそうい》になって寿命まで削ってもマイナーレースですら優勝を逃《のが》すのがイリスの現実。

そもそも、部屋には優勝すればもらえるはずの賞状や盾《たて》などが一つも無いのである。

いくら余分なものを持たない主義だとしてもレーサーなら一つくらいは思い入れのある優勝メダルの一つでも置いておくだろう。

おそらくだがイリスは一度も優勝していない。マイナーレースですら、一度も勝ったことがないのだ。

コレほど全てを捧げているのに、技術だけなら圧倒的だと言わしめるほどなのに。

それが第六等級。魔力障害を持つイリスという少女の悲しいほどの現実なのだ。

だが……。

それでも……。

「笑いたければ笑えばいいわ。アタシだって他人が同じことを言ってたらそうする。だけど、アタシはそのために生きてきた。だから……どれだけ不可能でも、アタシは……」

この少女の何がそうさせるのか、それは分からないが、そこにあったのは悲痛なほどの決意だった。

決して手の届かないモノに血だらけになりながら手をのばす、哀《あわ》れな挑戦者《ちょうせんしゃ》。

が、しかし。

「いや？　あながち不可能とは思わんけどなあ」

ミゼットはあっけらかんと、当たり前のようにそう言った。

イリスはしばらくミゼットが何を言っているのか認識できずに固まっていた。

が、しばらくすると。

「……なによ。おべんちゃらのつもり？　それでアタシを喜ばせてまた胸さわらせろとでも言うつもりかしら？」

不快感を顕にしながらそう言った。

イリスにとって、そんな程度の低い慰《なぐさ》めは逆に侮辱《ぶじょく》である。

「事実をゆうたつもりやけどなあ。まあでも、条件はあるで」

「条件？」

「せや」

ミゼットは自分のことを指差して言う。

「このワイがイリスちゃんのメカニックになることや」

「……そりゃ確かにアンタの整備士としての腕《うで》は認めるけど」

ミゼットはチチチと、人差し指を揺《ゆ》らす。

「あんなモノはまだまだ序の口やで」

自信満々にそう言うミゼット。

「ワイの本領は『開発』。イリスちゃんの専用オリジナルボートを作る。魔力量が第六等級でも勝つことのできるボートを」

ミゼットはそう言った。

ミゼットは当然というような口調で言う。

「さっきもゆうたが、イリスちゃんは操縦技術だけで言えば凄まじいものがある。禁忌魔《きんきま》法《ほう》使ったとはいえ、それでも第六等級の魔力量で優勝争いまで食い込めるんやからな。そもそも魔力量が一定以上の人間のためにしかボートが作られていないという部分を直せれ

ば……勝てるで。少なくともメジャーレースへの昇格《しょうかく》くらいは屁《へ》でもないわ」

「……アンタは、なんでそこまでアタシにしてくれるのよ」

「ははは、言うたやろ。イリスちゃんを愛しとるからやで」

これもまた当然のように笑顔《えがお》で言うミゼット。

イリスは少しの間、その顔をまじまじと見つめていたが。

「なんか、アンタって不思議なやつだね。ただの馬鹿な変態かと思ったら、本当にアタシのためにそこまでやってくれるなんて」

「ははは、惚《ほ》れた弱みやな」

また、そんなことを堂々と言う。

イリスは少し自分の顔が赤くなるのを感じた。

「なんだ、その……ありがとう」

「ああ。せやけどワイが協力する条件として二つ約束して欲《ほ》しい」

ミゼットは二本指を立てる。

「一つ。もう『界綴強化魔法《まほう》』は使わないこと」

ミゼットはコレまでにないほど真剣《しんけん》な顔をして言う。

「分かっとるはずや、そんな無理がこれからも続くわけがないこと。というか、もうすでに限界に近づいていることは」

「それは……」

「この前直したエレメントクリスタルの軸やけどな。あそこが歪《ゆが》むっていうのは普通は理論上ありえんのや。唯一《ゆいいつ》可能性があるとしたら、普段《ふだん》から込めている魔力に強いノイズが走っている場合。簡単に言うと、何かしらで魔力経絡《けいらく》にダメージを負っている者の魔力を流し込み続けるとかな……」

「……」

イリスは黙ってしまう。

「短時間流しただけじゃこうはならん。すでに『界綴強化魔法』を使わないときでも、経絡に異常が出てる証拠《しょうこ》やな。だが、安心せえ。もう、そんなものに頼《たよ》らなくてもワイが勝てるようにしたる」

ミゼットは自分の小指をイリスの前に出した。

「だから約束してくれ。二度と『界綴強化魔法』は使わんと」

「……分かった。二度と使わないわ」

「おう、それがええわ。体は一つや。大事にな」

イリスとミゼットは小指を絡《から》めて指切りをした。

ミゼットはその時初めてイリスの手に触《ふ》れて気がつく。

なるほど。これはホントに凄い手だなと。

ある程度の実力者になれば、握手《あくしゅ》の一つでもすればその人間がどれだけのことをしてきたか大体は分かる事が多い。

その感覚でいえばイリスの女性でありながら傷だらけで皮膚《ひふ》がガチガチに固まった手は尋常《じんじょう》でないものを感じさせた。

本当にマジックボートレースに全てを捧げて生きているんだろう。

「それで、二つ目の条件は？」

「ああ、それが一番重要なことなんやけど」

先程《さきほど》のこともかなり重要なことだった気がしたが、それ以上というと一体なんなんだろう？

身構えるイリスにミゼットは言う。

「メジャーレースに上がれたら、その見事なオッパイを好きなだけ揉ませてもらうということや」

「…………………………………………………………」

……………………………………………………………………

…」

つい先程まで少し信頼《しんらい》の籠《こ》もっていたイリスのミゼットを見る目が、一瞬《いっしゅん》にして絶対零《れい》度《ど》まで冷え込んだ。

「ん、どないしたん？　イリスちゃん？」

「……それがいちばん大事なことなの？」

「当たり前やんけ!!」

ミゼットは力強くそう言った。

「男の行動のモチベーションなんて八割くらいはオッパイやぞ。ちなみにワイは九割を超《こ》えとる」

ドヤ顔でそんなことを抜かす目の前のアホに。

イリスは眉《まゆ》をピクつかせながら言う。

「アンタをよく分かんないやつって言ったけど訂正《ていせい》するわ。やっぱりただの変態クズ野郎《やろう》ね……」

「ん？　ほんなら協力するのやめるか？　いやー、残念やなあ。せっかく千載一遇《せんざいいちぐう》のチャンスやのになー」

いつもどおりのニヤケ面に戻りそんな事を言うミゼットに。

「……ふん!!」

イリスは容赦《ようしゃ》ない蹴《け》りを加えた。

「あべしっ!?」

さすがに鍛《きた》えている長身から繰《く》り出される蹴りの威力《いりょく》は中々のものらしく、壁《かべ》まで転がるミゼット。

「ええ、いいわよこの最低男。ただしアンタの言うとおりにしてメジャーレースに上がれなかったら、もう百発はやるから覚悟《かくご》しておきなさいよ!!」

□□□

さて、それから二ヶ月。

本日はイリスのレースの日である。

「ミゼットのやつ、遅いわね……」

レース会場の関係者入口前でイリスは少し苛立《いらだ》ちながらそう言った。

前のレースの日。協力の約束をしたミゼットからイリスに言い渡《わた》されたのは、二ヶ月間ボートに乗ることを禁止。それどころか、魔力《まりょく》を使用することも一切禁止ということであった。

当然その間のレースは全《すべ》て欠場。

ただでさえ貧乏《びんぼう》な底辺レーサーの家計は凄まじくピンチになっている。

まあ、ミゼットがそれを言い渡した理由も分かる。ボロボロになった魔力経絡を回復させようというのだろう。まあ確かに、その状態は機体に良くない。乗り換《か》えることになったが『グリフォンビート』にはずっと無理をさせてしまったと申しわけなく思っている。

そんなわけで、言われたとおり魔力は使用せず二ヶ月間基礎《きそ》体力のトレーニングと休養に徹《てっ》したイリスだったが……。

それを言い渡した当の本人はというと、しばらくはイリスが本当に魔力を使わないか監《かん》視《し》すると言って私生活にまでつきまとって来たのだが、三日前に「仕上げに入るから次に会うのは会場で～」といつもの調子で言ってそれっきりである。

「なにやってるのよ。もうすぐ練習の時間終わっちゃうじゃない」

イリスとしては初めて乗るオリジナルボートだ、できればレース前に合わせておきたかったのだが……。

そんなことを思っていると、ようやくいつもの金髪《きんぱつ》とニヤケ面がやってきた。

「おー、イリスちゃん。今日も素敵《すてき》やなあ」

「胸元《むなもと》ガン見しながら言われても一ミリも嬉《うれ》しくないんだけど……」

相変わらずふざけた男である。

「それで……間に合ったの？」

「当然やで」

ミゼットは親指をグッと立てて言う。

「世界初、完全オリジナル。イリスちゃんのために一から設計された魔力障害者用レーシングボートや。今日この日、イリスちゃんはその乗り手として歴史を作るんやで」

□□□

マジックボートレースでは、レースの前に二つのチェックが行われる。

一つはボディチェック。携帯《けいたい》用の魔石など、レースにおいて有利に働くものを持っていないかを確認《かくにん》するためのものである。

イリスは今回もいつもどおり一通りチェックされ、問題なしということですぐに終わった。

が、時間がかかったのはもう一つの検査だった。

機体検査。要は、出走するボートが規定を違反してないか？　という検査である。

コレも、ボディチェックとまではいかないが普段ならそう時間はかからずに終わるのだが、今回に関しては訳が違った。

「な、なんですかこれは……？」

検査官が笑顔を引きつらせてイリスにそう言ってきた。

それはコッチが聞きたいと、自分もつい先程このボートを見せられたばかりのイリスは言いたかったが黙っておくことにした。

検査官が連絡《れんらく》をとり、他の検査官を三人ほど引き連れて隅々《すみずみ》までチェックをしたが、確かに規定の範囲内《はんいない》であると言うことが分かり出走の許可が下りることになる。

そして、滑車《かっしゃ》に乗せたボートとともにスタート位置に移動するが、その間も他の選手たちにジロジロと見られていた。

なんというか、勝てるレーサーではないため日頃《ひごろ》からあまり注目を浴びてきていないイリスからするとひじょうに居心地《いごこち》が悪い。

だが、もっと恥ずかしいことが待っている。

全ての選手がピットから飛び出し、フライングスタートにタイミングを合わせるためにゆっくりと水面を進んでいく。

会場中がざわついた。

――なんだ⁉　あの妙《みょう》な機体は⁉

そんな声がイリスの方まで聞こえてくる。

それもそのはずだろう。マジックボートは普《ふ》通《つう》、背の低い卵型のボートの底に加速装置を取り付けたシンプルな形である。違いで言えば、直線型、バランス型、ターン型に分かれており少々形に差がある程度である。

が、イリスが乗っているボートはもう形が違う。真っ赤に塗《ぬ》られたボディは直線型を更《さら》に縦長なフォルムにして、更にサイズは極限まで小型化したものである。さらにそのサイドには六つも樽《たる》のようなものが強引《ごういん》に取り付けられている。

ある『エルフォニアグランプリ』を制覇《せいは》したチームのメカニックは言った。

『マジックボートの形は芸術である』

と。

確かに効率的な走りを求めて無駄《むだ》をカットしたマジックボートの造形は自然な機能美の魅力《みりょく》に溢《あふ》れている。

そして、イリスの乗る機体はまるでその自然な無駄のなさに逆らうかのように、セオリーを無視した『無理やり感』みたいなものを感じさせた。

会場中から向けられる奇異《きい》の目。

これはまだいい。これから起こることに比べれば、まだマシである。

そして、拡声魔法を使った会場のアナウンスが流れる。

『4番。シルヴィアワークス、操縦者イリス・エーデルワイス、機体名「ディアエーデルワイス」』

「「……」」

会場中が微妙《びみょう》な空気に変わり、向けられる視線にもなんとも言えない感じが加わった。

今のイリスは、自分のために専用で作ったオリジナルボートに、自分の名前を入れ「親愛なる」などとつけてしまっているちょっと痛いやつである。

（あのバカ、なんつー名前つけてんのよ……）

ちなみに当の本人は観客席でイリスの方を見て。

「……（グッ）」

っとウインクしながらサムズアップしていた。

あと、投げキッスもしてきた。

「……後で一発蹴り飛ばすわ」

イリスはそう心に誓《ちか》った。

というか、この機体に乗るのは今が初めてである。

一応、使い方は聞いている。

この機体最大の特徴《とくちょう》は、魔力を込めることで推進力を発生させるアクセルハンドル機能が、左右に搭載《とうさい》されていることである。

通常は右側のハンドルにだけ加速装置の出力をコントロールする機能がついており、『ディアエーデルワイス』にも龍脈《りゅうみゃく》式加速装置はついている。

だが使用するのは今のようにスタート前のゆっくりとした位置調整の時のみ。

レースの時に使うのは、左側のアクセルハンドル。

コレに魔力を込めることにより、機体の上面に取り付けられた六つの加速装置が起動するというのである。

『開始まで10秒……9、8、7、6、5』

いよいよレースが始まる。アナウンスの声に合わせるかのように各ボートが加速する。

しかし。

「おい、あの魔力障害者の乗ってるヘンテコボート、めちゃくちゃ出遅《でおく》れてるぞ」

そんな声が観客席から聞こえてくる。

しかし、コレはワザとである。

ミゼットから事前に「フライングスタートはかなり余裕《よゆう》を持ってスタートするように」と言われている。

逆に言えば、言われているのは左右のアクセルの話とスタートの話だけである。

ミゼット曰《いわ》く、これだけ知ってればレースの中でイリスちゃんならなんとかなるやろ。とのことである。

信頼を嬉しく思うべきか、説明が純粋にめんどくさそうだったように見えたのを非難するべきか……まあ、後者でいこう。

ミゼットに叩《たた》き込む蹴りが二発に増えた。

『4、3、2、1……スタート‼』

アナウンスのスタートと共に一斉《いっせい》に飛び出すボートたち。

「よし、行くわよ‼」

イリスも最後尾《さいこうび》で加速を開始する。

次の瞬間。

ドオッ‼

という音と共に、六つの加速装置が一斉に点火した。

「うわ!!」

これまで味わったことのない急激な加速に、思わず声を上げるイリス。

「す、すげえ加速だぞ!!」

「あっという間に追い上げてくる!!」

観客たちの驚愕した声が会場に響《ひび》く。

そうなるのも無理はない。イリスの『ディアエーデルワイス』は、同じレースに参加している直線に最高特化した最新の直線型ボートよりも遥《はる》かに速いのである。

それは、セオリーを無視した加速方式によるものであった。

龍脈の力を一切借りない、ポン付けした加速装置による強引な超加速《ちょうかそく》。龍脈の力の中に縛《しば》られる他の機体には決して出せない速度であった。

が、そんな無茶苦茶《むちゃくちゃ》な加速はそんなかっこいい事ばかりではなく。

「おおおおおおおおおおおおおおおおおおおおお!?」

かつてない方式で、かつてない速度で走るボートは、かつてないほどの揺れを搭乗者《とうじょうしゃ》に提供していた。

暴れ馬などというレベルではない。

ただでさえ超加速力特化の形に、出力不安定の魔石を使った加速装置、もはや大嵐《おおあらし》に飲み込まれている船の上にいる気分である。

（アイツ……なんてメチャクチャなもの作ったのよ‼）

だがそのメチャクチャの分は、結果として現れた。

ホームストレートから最初のターンに入る前までにイリスは、スタートで先行していたほとんどのボートを抜《ぬ》き去りあっという間に四位に躍《おど》り出たのである。

『グリフォンビート』という直線型機体を使っても、魔力量のせいで最高速で劣《おと》ってしまっていたイリスからすればまさに別世界である。

しかし問題は。

（というか、これでターンしろって言うの⁉）

元々全体として小さく不安定な形なのに、コレほどの馬鹿げた速度である。

イリスは頭と経験を総動員して減速ポイントや舵《かじ》を切るタイミング、重心の移動の仕方などを瞬時《しゅんじ》に算出する。

減速のポイントは普段よりは少し早めに設定し、最初は少し大回りでもいいから安全にターンしよう。

（あと、約０．８秒後に減速を……）

そう考えて込める魔力の量を調整しようとした時。

（……ッ!?）

根拠《こんきょ》は無いがものすごく嫌《いや》な予感がした。

瞬時に魔力の配給をストップし、想定したタイミングよりも遅《おそ》く減速を図《はか》る。

しかし。

（は、反応遅すぎるでしょ!?）

龍脈式加速装置でも魔力を込めてからの反応のラグの問題はあるが、『ディアエーデルワイス』はそれよりも遥かに遅い。

だが、そんなことをいってもターンポイントは目の前。このまま曲がるしかない。

「あああああああああもう、くそおおおおおおおおおおおおおおお!!」

イリスは半分ヤケクソになりながら、体をターンする方向に倒し遠心力を殺していく。

しかし、ボートは激しい水しぶきを上げながらみるみる膨《ふく》らんでいく。

（アイツ絶対終わったら蹴り飛ばすから覚悟しときなさいよオオオオオ!!）

イリスの怒《いか》りと執念のおかげか、『ディアエーデルワイス』はコースの壁に激突《げきとつ》するギリギリでなんとか曲がり切った。

「……はあ……はあ」

イリスはまだ最初のターンが終わったばかりであるというのに、全身から汗《あせ》が吹《ふ》き出し息が上がっていた。

改めて思う。

この機体は何もかもがメチャクチャだ。

そもそも龍脈を使わないという型破りな発想、そしてそこから生み出されたのは魔石式加速装置を六個取り付けるという圧倒的《あっとうてき》に力任せな解決策。しかし、それは同時に操作のしやすさやターンでの安定性を著《いちじる》しく犠牲にすることになる。だが『ディアエーデルワイス』は嬉々《きき》としてそれを受け入れ、むしろ船型すら徹底的《てっていてき》に安定性を捨て加速力に特化している。

要は「どうせ不安定な魔石式だから、とにかく直線でぶっちぎりに速くしちゃえばいいじゃん」というコンセプトである。

コレを作ったやつは頭がおかしいと言わざるを得ない（実物もしっかりおかしい）。普通ならこの最初のターンで観客席まで吹っ飛んでもおかしくない。

（……でも）

イリスは感じていた。

（魔力が全然減っていない……）

そう、普段のレースなら最初のターンの終了《しゅうりょう》時点で僅《わず》かながらも自分の魔力の残量の減少を感じてきたイリスである。レースが終わる頃には禁忌《きんき》指定魔法など使わなくても、魔力欠乏症《まりょくけつぼうしょう》になりフラフラになっていたのだが、今に関してはほとんど魔力の減少を感じなかった。

と言っても、減っていないわけではないのだが、少なくとも龍脈式での走行とは天と地ほどの差があるということだ。

ミゼットは言った。

この機体はイリスのためのオリジナル機体だと。

走っていて分かった。確かにメチャクチャなようでいて、しっかりとイリスというレーサーに合わせてこの機体は作られているのだ。

魔力消費を抑《おさ》えるための魔石式もそうだが、ターンの容易《たやす》さをあえて犠牲にしているのはイリスが長身でウエイトはやや重め、そして筋力自体はかなり強くターンにおいては有利な体をしているというのとマッチしている。操縦に凄《すさ》まじい技量が要求されるも、ミゼットが「技量だけなら圧倒的」と評したイリスの操縦技術を信頼してのものだ。

だからそう。

非常に不本意ながら。

イリスというレーサーは感じ取れてしまう。

この機体にあふれる、自分のことを想《おも》い、深く考え、真摯《しんし》に勝ってほしいと願う製作者の気持ちが。

正しくこのボートは「親愛なるエーデルワイス」に捧げる愛だと。

イリスは観客席に目をやる。

そこには、先ほどと同じくいつものニヤけた顔があった。

（……ほんと、なんなのよアイツは）

協力してやるから乳を揉《も》ませろ、などと言ってきた人間とこの機体に込められた深い愛情が一致《いっち》しない。

まあでも、それは後回しだ。

とりあえず……。

「このレース、勝たなくちゃね」

そう言いつつ、なんとなくだが勝てるという確信のようなものがあった。

こんなことはいつ以来だろう。

（たぶん、こうなる前の……）

とにかく随分《ずいぶん》前の記憶《きおく》である。

イリスはいつも固く結んでいる口元を少し緩《ゆる》めながら、再び直線の加速に入るのだった。

その日、イリス・エーデルワイスは暴れに暴れる『ディアエーデルワイス』をなんとか抑えつけながら完走し、マイナーレースではあるが公式戦初勝利を挙げた。

□□□

――三ヶ月後。

「……それにしても」

イリスは自分の家で夕食を作りながら、横に開いて置いてある情報誌を見る。

『イリス・エーデルワイス、メジャーレース昇格!!』

『魔力障害を持つ人々の星』

『圧倒的型破りな走法に各選手驚愕《きょうがく》』

『ご意見番、ラルフ氏、愛機を「あんなものはマジックボートではない」と痛烈《つうれつ》に批判』

『貴族議会の議題にも上るほどの話題性。「エルフォニアグランプリ」参加に期待!!』

などと、いい記事も悪い記事も一面を使って、イリスとその愛機について様々な意見を述べている。

「ホントにメジャーレースに上がれちゃうなんてね……」

「ははは、だから言うたやんけ」

テーブルの前のソファーにふんぞり返って座《すわ》っているのはミゼットである。

「ところで、今日の晩飯何や？」

「……ホントに厚かましいわねアンタは」

いつの間にかミゼットは自由に家に上がり込み、ご飯をたかるようになっていた。

「しゃあないやろ。意外にもイリスちゃん料理上手《うま》かったんやから。意外にも」

「二回も言わんでいいわ。これでも一人暮らし長いしね」

しかしまあ、無料でメカニックとして協力してくれている手前、無下にはできない。

なんというか、だんだんとこの男の思い通りになっているようでシャクである。

「でも、アンタ王子でしょ？　こんなところで安い料理食べてないで、王城行けばもっと美味《おい》しいものいくらでも食べれるでしょ？」

「そりゃ、イリスちゃんの愛情が入っとるからな」

「入れてないわ」

こういう軽口を叩いてくるのも、一人でいるとどうしても真剣に自分を追い込みすぎるイリスにとっては少しだけありがたかったりする。

非常に腹立たしいことではあるが。

「……あとはまあ、アレや。あんまり贅沢《ぜいたく》すぎる料理よりはな、こういうのが好きやねん単純に」

ミゼットはイリスの出した、ヘルシーで材料費の安い野菜のスープをスプーンですくいながらそう言った。

少しだけ普段よりも真剣な顔だった。

「……とまあ、そんなことは置いといて。イリスちゃん改めてメジャーレース昇格おめでとう」

しかしすぐ、いつもの調子に戻《もど》る。

「ええ、ありがとうね。これもアンタの協力のおかげよ」

「そして、おめでとう!!　ワイ!!」

手を叩いて大きくバンザイするミゼット。

「ああ、まあアンタの作った機体が結果を出したんだもんめでたいわよね」

「は？　何言うとるんや。オッパイに決まってるやろが」

「……オッパイ？」

イリスはちょうど五ヶ月前のことを思い出し、自分の肩《かた》を抱《だ》いた。

「あ、アンタ、あの約束ホントにやるつもりなの⁉」

「はあ？　あっっったりまえやろお‼」

そう、メジャーレースに昇格したらイリスの胸を揉ませる。その約束を確かに五ヶ月前にしたのだった。

「えー、まさかあ、イリスちゃんは、約束破るんですかあ？」

ミゼットはワザと間延びしたようなふざけた喋《しゃべ》り方《かた》で言う。

「あーあー、ワイはせっかくイリスちゃんに勝って欲しくてえ、頑張《がんば》ってボート設計してえ、レースの度に調整したんやけどなあ。そうかそうか、ええんやで、ワイがここまでやったのもイリスちゃんのためを思ってやからな。あー、残念やなあ、ワイの一方通行やったかあ。ああいや、イリスちゃんは気にせんでもええんやで。ただ、可哀《かわい》そうな美青年が一方的に搾取《さくしゅ》されることになったってだけの話やから。良心が咎《とが》めたりしないなら、それでいいんや」

全然いいと思ってないのがコレでもかと伝わってくる言い方である。

「……ホントに最低な男ねアンタってやつは」

イリスは拳《こぶし》を握《にぎ》りしめながらそう呟《つぶや》く。

どうしてこうも、肝心《かんじん》なところでアホなのか。

感謝もしてるし一緒《いっしょ》に過ごす時間は嫌《きら》いではなくなってきているのだ。こんな言い方さえしなければ、胸くらいは……。

「……はあ、でもそれがアンタだもんね」

イリスは諦《あきら》めの気持ちを込めたため息を一つつく。

「いいわよ。胸くらい触《さわ》っても、でもさすがにコレ食べた後ね」

「ムシャムシャムシャ、ゴボボボボボボボボボ」

「せっかく作ったんだからもうちょっと味わって食べなさいよ!!　というかどんだけ触りたいのよアンタ!!」

□□□

さて、夕食も食べ終わり。

いつもなら、この後イリスは入念にストレッチなどの体のケアを行うのだが。

今日はベッドの上に座っていた。

「……ほら、触りなさいよ」

そう言って、自分の胸を少し突《つ》き出す。

服越《ご》しからでも分かる大きな胸。

正直このサイズはレースの時に邪魔《じやま》なので、少し恨《うら》めしいものという認識《にんしき》なので目の前で目をガン開きして凝視《ぎようし》しているミゼットのようにありがたがる気持ちが分からなかった。

……いやまあ、この胸が今ではすっかり愛機となった『ディアエーデルワイス』と引き合わせたと言うなら、それはそれでよかったのか？

まあ、そうは言っても恥《は》ずかしいものは恥ずかしい。

「その……アタシ、レースばっかでこういうの初めてだからさ、できれば優《やさ》しく……」

「ひゃっっほうっっっ!!!!!!」

ミゼットは獣《けもの》の如く飛び跳《は》ねてイリスの前まで来ると。

グワッシィイイイイッ!!!!!!！

と、豪快《ごうかい》にイリスの巨乳を鷲掴《わしづか》みにした。

「ちょ、ちょっとアンタ。それ触るとかいうレベルじゃ」

「違《ちが》いますー、好きにしていいって約束ですー」

「子供かっ!!」

「ふんぬぶろば!!」

ミゼットが谷間に思いっきり顔を埋めてきた。

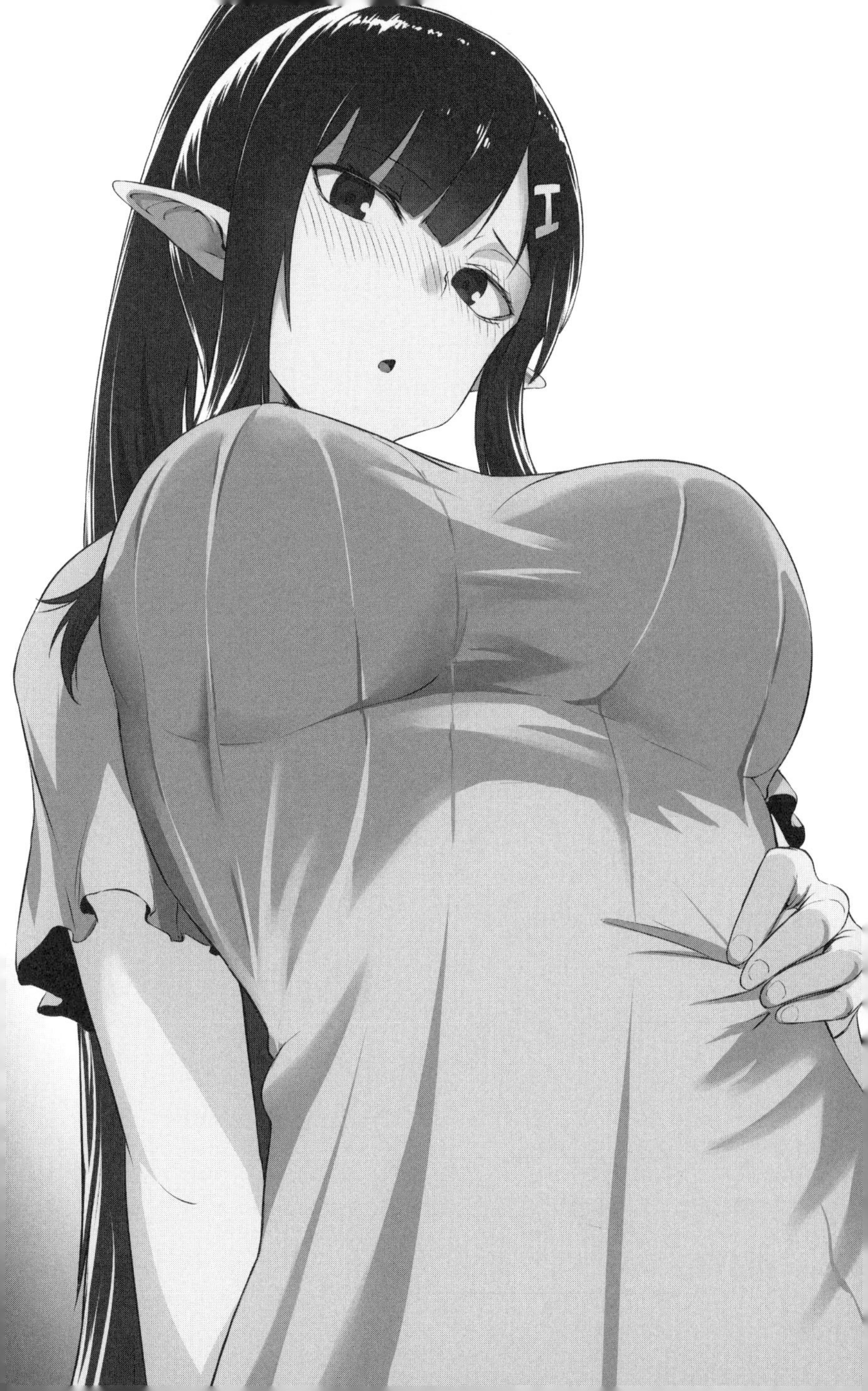

「ひゃん!!」

思わず変な声を出してしまうイリス。

「ふいー、この柔《やわ》らかさ、この沈《しず》み込むような質感……やっぱりコレに限るわ〜」

ミゼットは谷間に頬《ほお》を擦《す》り付けながらそんな事を言う。

一応同意の上とは言え見事な変態である。

「……ねえ」

「ふえー……ん？　なんやイリスちゃん？　少しハリのある感触《かんしょく》もちょっと汗っぽい匂《にお》いも最高やで」

「感想は聞いてないわよ!!　ちょっと生々しくていやなんだけど!!」

この状況《じょうきょう》でも相変わらずのミゼットである。

「……そうじゃなくてさ。『やっぱりコレに限る』ってことはさ、その……アタシ以外にもこういうことする相手いるのよね？」

「ん？　あーまあ、それは……」

ミゼットは少し言葉を詰《つ》まらせた後。

「イリスちゃん……ア・イ・シ・テ・ルで」

取って付けたような甘《あま》い声でそう言った。

「ごまかし方が雑なのよこの最低男。てか、いつまで顔押《お》し付けてるのよ!!　そろそろいいでしょ」

「ええ、まだまだやで。もうちょっと、もうちょっとだけ」

「……はあ、まあ、約束は約束だからいいけどさ」

イリスがそう言うとミゼットは「おおきに～」と谷間を通って少しくぐもった声を上げる。

服越しとはいえ結構くすぐったい。

「極楽《ごくらく》極楽……」

ミゼットはそう言うとその後は黙《だま》って、イリスの胸に包まれていた。

「……」

「……」

やがて十分程《ほど》時間がたち、さすがにそろそろいいだろうとイリスがミゼットに呼びかける。

「ねえ、ミゼットそろそろアタシ明日の練習に備えて……」

「……」

「……ミゼット？」

「……スゥ……スゥ」

気がつくと自分の胸の中でミゼットは目を閉じて深い寝息《ねいき》を立てていた。

「なんなのよ、こいつホントにもう」

イリスはさっさと起こそうと思ったが。

ギュウっと、イリスのズボンの裾《すそ》をミゼットの手が握った。

「……かあさん」

それは凄《すご》く小さな寝言《ねごと》だったが、確かにそういったのがイリスに聞こえた。

いつも余裕そうにニヤついているその顔に、少しだけ眉間《みけん》にシワが寄って苦しそうにしている。

「母親……か」

イリスは立ち上がろうとしていたのをやめ、そのまましばらく自分の胸の中で眠《ねむ》るミゼットに付き合うことにしたのだった。

■■■

「……ミゼットよ。お前は問題を起こさないと気がすまないのか」

ミゼットは夢を見ていた。

九年前、自分がまだ十二歳《さい》の頃《ころ》の夢。

「ユベル侯爵《こうしやく》の屋敷《やしき》に殴《なぐ》り込みに行くなんて。全くなにを考えているのだ……」

玉座の上からそういうのは、国王で実の父親であるグレアムである。

「いやー別にぃ、ただグレアムのハゲがせっかく参加してやったしち面倒《めんどう》くさいパーティでワザとワイの分の食事を作り忘れたことにするとかいう愉快《ゆかい》なサプライズしよったからな。ついカッとなってやった、反省は微塵《みじん》もしとらん」

全く悪いと思っていないその様子に、グレアムは「はあ」と深いため息をつく。

「しかも、また意味の分からない魔法《まほう》道具を使ったそうじゃないか。アレは危ないから使うのはやめろと言ったろう」

「ちょっと手が滑《すべ》ったんや」

「ちょっと手が滑ってユベル邸《てい》の一階から四階までを吹き抜けにするのはお前くらいだぞ……」

国王は右手を頭にやると疲《つか》れた様子で言う。

「ミゼットよ、今は各領主と共同で国境の防衛設備の拡充《かくじゆう》を進めている最中なんだ。母親を……カタリナを見習って揉め事《ごと》を起こすな」

魔力的な素質に恵《めぐ》まれ、他の種族であればとっくに死んでいるであろう年齢《ねんれい》になっても未《いま》だに若く健康的な見た目をしているグレアムだが、その様子からは国王としての気苦労が窺《うかが》い知れる。

それは分かった上で。

「……なんや、まだオカンの名前覚えとったんか」

ミゼットはそう言った。

「……当然だろう。自分の妻だぞ」

「なら、あんな奥《おく》に閉じ込めとかんで表に出したったらどうや？」

「……それは」

言葉を詰まらせるグレアム。

「あほくさ。もうええわ」

ミゼットはその様子を見て、呆《あき》れたようにそういうと踵《きびす》を返してその場を去っていく。

「ま、待てミゼット。話はまだ」

その背中にグレアムは声をかけるが。

「止めたければ力ずくでどうぞ。『できれば』やけどな」

「そ、それは……」

グレアムは再び言葉を詰まらせる。

その顔に浮《う》かんでいるのは恐怖《きょうふ》であった。

国王たるものとして正直情けないなと思うが、グレアムだけではなく『エルフォニア』でミゼットを知るものは大体こんな反応である。

皆ミゼットが作っている魔法道具の恐《おそ》ろしさは知っている。それだけでなく、単純に魔《ま》法使《ほうつか》いとしての天性の素質も圧倒的であり、十二歳という年齢ながらすでに国家の魔法使いとして三本の指に入る。

本気で暴れるミゼットを止めるなど、それこそ『魔法軍隊』の最高戦力にでも動いてもらわなければ不可能なのだ。

「はあ、なっさけないやっちゃな」

自分の子供すらまともに言うことを聞かせられない父親を背に、ミゼットは王の間から出る。


あまり愉快ではない気持ちを抱《かか》えながらも、無駄に広い王城の無駄に長い廊下《ろうか》を歩いていくと、城の最上階の離《はな》れにたどり着く。基本的に王室からしか行くことのできないこの王城の最深部とも言うべき場所には、ある一人の女が住んでいる。

ミゼットは離れのドアを開けると中に入る。

「オカン。調子はどうや？」

「おはようミゼット。昨日はよー眠れた？　アンタいつも夜ふかししてなにか作っとるからお母さん心配やわ」

この離れの主。

現国王グレアムの第二王妃《おうひ》、カタリナ・ハイエルフである。

年齢はすでに三十近いが、目の大きな可愛らしい顔立ちと、背は低く肉付きはいいいわゆるトランジスタグラマーな体型である。

いつものほほんとしていて、近頃《ちかごろ》体調がすぐれないにもかかわらず会って早々ミゼットがちゃんと睡眠《すいみん》をとっているのかなどということを心配してくる。

まあ、そういうドワーフ族の女性である。

ちなみに、ドワーフ族は男性は背が低くヒゲが濃《こ》くてゴツゴツしてものすごく男らしいが、女性は背の低さはそのままに小柄《こがら》で可愛らしい感じである。

まあ、もっとも。エルフ族からすれば、短足でだらしない体という認識らしいが。

「心配せんでもワイは昨日、前からうっとうしかったやつにひと泡《あわ》ふかしたったたから気分ええで。それよりも、オカンの方や。調子はどうなんや？」

「まあ、ええ感じと言ったら嘘《うそ》にはなるなあ」

肉付きが良くて柔らかそうな体をしているカタリナだが、少しだけ顔の血色は良くない。

原因はイマイチ分かっていないが、二年ほど前から体調を崩《くず》しあまりベッドから起き上がる事ができていなかった。

もっとも、それ以前もカタリナはこの広い離れから出ることはほとんどなかったのだが。

「というかミゼット。一泡吹《ひとあわふ》かしたって、また喧嘩《けんか》したんか？」

「まあ、売られたからなあ。喧嘩にもならんかったけど」

「まあ、アンタはもっと小さい頃から強い子やったからなあ」

ミゼットの魔力《まりょく》量が第一等級になったのは僅か四歳。

混血ということで周りから白い目で見られ、嫌がらせを受けることも多かったが幸いなことに実力でその手の連中を黙らせるのは苦労しなかった。

「まあ、ウチのせいで迷惑《めいわく》かけとるのは申しわけないんやけど」

「オカンのせいやないで。貴族の連中の脳みそが凝《こ》り固《かた》まっとるだけや」

「それでも、あんまりお父ちゃんに迷惑かけんといてあげてな」

「……」

カタリナの言葉にミゼットは少し眉間にシワを寄せていう。

「なんで、オカンはアイツの事かばうねん。こんなところに押し込められて、人前に晒《さら》してはいけないものみたいに扱《あつか》われて。会うときも誰《だれ》にも見つからんようにお忍《しの》びなんやろ。他の王妃は色んな式典に連れて回っとるくせに」

理屈《りくつ》は分かる。絶対的な血統主義によって統制されている『エルフォニア』の貴族界だ。完全に別種族のカタリナが我《わ》が物顔《ものがお》で闊歩《かっぽ》すれば間違《まちが》いなくその和が乱れる。国王として堂々とそのタブーを飲み込むというのは難しいことだろう。

だが、それならばそもそもカタリナを后《きさき》に迎《むか》え入れなかったらよかったではないか。なぜそんな中途半端《ちゅうとはんぱ》な真似《まね》をするんだ。

「……まあ、確かにそれはそれで寂《さび》しいことなんやけど」

「だったら、もうちょっと不満そうに」

「でもな。あの人にはあの人の、国王として背負ってるものがあるんよ」

優しい声だった。

「ホントは弱い人なんよ。ウチはそんな弱さが愛《いと》しくて、支えたかったからあの人と一緒になったんや。だから難しいかもやけど」

カタリナはミゼットの頭を撫《な》でながら言う。

「できれば、あの人を恨まんといてあげてな」

そう言ってカタリナは少し顔色の悪い顔で笑うのだった。

■■■

「……ん？」

ミゼットが起きた時には深夜になっていた。

燭台《しょくだい》に灯《とも》された魔石の小さな光だけが部屋を照らしている。

「ああ、起きたのね」

頭上から聞こえてきたのはイリスの声。

どうやら膝枕《ひざまくら》の状態らしい。

ということは上を見ると……。

「コレはコレは絶景かな。イリスちゃんの綺麗《きれい》な顔が見えないのは残念やけど」

イリスの大きな胸が視界を埋め尽《つ》くしていた。

「もうアンタのセクハラにも慣れてきた自分がムカつくわ……」

イリスは呆れたようにため息をつく。

（それにしても……久しぶりにオカンの夢見たな）

ミゼットはそんなことを思う。

こうしてイリスの感触を感じながら寝《ね》たからだろうか？　ミゼット自身自覚しているが、肉付きのいい女が好きなのは母親の影響《えいきょう》である。

もっとも、イリスの性格と母親の性格は全然違うとは思うが。

「ねえ。言いにくいことだったら言わなくていいんだけどさ」

「なんや？　イリスちゃん以外の女の子の名前とかやったら教えんで。無用な争いはワイは好まん」

「違うわよこの最低男。じゃなくてさ、アンタの母親」

「……」

「寝てる時にちょっと苦しそうに名前呼んでたからさ。気になっちゃってね。お母さんのこと何かあったなら話してくれない？」

ミゼットはその申し出に少し驚《おどろ》いて、体を起こしてイリスの顔を見る。

「嫌ならいいわよ」

「ああいや、なんで気になったのか聞きたくてな」

「アンタのことだからよ」

「え？」

「だから、アンタの、ミゼットのことだから知りたいの。ダメかしら？」

そう言って真っ直ぐにミゼットの方を見てくるイリス。

思わずミゼットは目をそらしてしまう。

（……って、いやいや。なに急に恥ずかしくなっとんねん）

今まで何人もの女と向かい合ってキスでも何でもしてきたではないか。

それはそれとして。

「なんや、イリスちゃん。とうとうワイに興味が湧《わ》いたんかあ？」

いつもどおりにニヤけた顔に戻りそんな軽口を叩くが。

「ええ。そうよ。もしアンタに辛い思い出があるならアタシもそれを知りたいわ」

イリスはやはり、真っ直ぐにミゼットを見据《みす》えてそう言った。

「……」

なんというか非常にやり辛い。

「ダメかしら？」

そう言って小首を傾《かし》げてくるイリス。

ああなるほど。この子は真面目《まじめ》で真剣《しんけん》なんだな。レースだけじゃなくて、こういう人間関係も。

「……ええよ。まあ、と言ってもそんな大したことやないで」

そう前置きしてミゼットは話し出した。

母親がドワーフ族だったこと、それ故《ゆえ》に自分共々白い目で見られてきたこと。

そして。

「オカンはワイが十三の時に死んだんやけどな。葬式《そうしき》にオヤジが来なかったんや」

昔は必要な式典にくらいは出席していたミゼットが決定的に貴族たちと決別した出来事も。

「オヤジだけやない。王城の人間ほぼ全員来なかったわ。参加したのはワイと、オカンの身の回りの世話してた数人の使いだけや」

しかも、遺体は『エルフォニア』王家の墓とは違う場所にひっそりと一人で埋葬《まいそう》されたのである。

ミゼットの母親は病に蝕《むしば》まれる前は明るく活発な人だった。だから、本来はあんな城の奥で過ごすのが好きなはずはなく、それでも大人しくひっそりと過ごしたのは夫である国王と、その国王が支える『エルフォニア』という国のためである。

その献身《けんしん》に対する仕打ちがこれなのか、と。

「それだけの、それだけのことなんやけどな。オカンはそれでいいって言うやろうけど、まあなんか……少なくともええ気分にはならんかったわ」

「……そう」

黙って話を聞いていたイリスは、一通りミゼットが話し終えると一言そう言った。

「……とまあ、暗い話してもうたな。すまんすまん」

「そうね」

不意に、フワリと。

ミゼットの体が柔らかい温かさに包まれた。

さっきまで感じていたこの感触は、イリスの体温である。

「なんやイリスちゃん。今日はサービスがええやんけ」

「ミゼット」

「なんや？」

「……辛かったわね」

「……」

ミゼットは思わず次にいう言葉を詰まらせてしまう。

「……い、いや、別にもう過ぎたことやから」

「それでも辛いと思うわ。たぶんアタシも、アンタの気持ち少しだけ分かるから」

「……」

再び言葉を詰まらせるミゼット。

考えてみればイリスは魔力障害の持ち主だ。『エルフォニア』という国においてそれは、間違いなく差別の対象であり味わってきたのは自分や母親と同じ……。

いや。もしかすると、少なくとも先天的な能力には恵まれていた自分よりもイリスの味わってきたものはもっと辛く、もっとどうしようもないものだったのかもしれない。

「なあ、イリスちゃん」

「なに？」

ミゼットはイリスに抱きしめられながら言う。

「……愛してるで」

自然とそんな言葉が出てきた。

「また、そんな調子のいいこと言って」

イリスは呆れたように、いつもどおりそう返す。

「……そうやな。調子のいい話やな」

「ねえミゼット。アタシ絶対出るわよ『エルフォニアグランプリ』、それで優勝して貴族の連中のハナを明かしてやりましょう」

「はははは、確かにそれは連中の愉快な顔が見れそうやな」

そう言ってお互《たが》いに笑ったのだった。

□□□

翌日の朝。

「あ、ミゼットくんじゃーん」

イリスの家に向かう途中《とちゅう》で、ミゼットは声をかけられた。

声の主は派手な格好をしたエルフの女だった。

二年ほど前に柄《がら》の悪い飲み屋で知り合って、その日のうちにそういう関係になり、今もなおそれだけの関係を維持《いじ》している女である。

高い飯の一つもご馳走《ちそう》してやれば簡単に股《また》を開くところや、堂々と昨日やった男とミゼットのどっちが上手かったかみたいな話をするノリの軽さが、非常にミゼットとしては気楽だった。

「最近ごぶさただったじゃーん」

派手な格好の女は、ミゼットの方に歩いていくと抱きついてくる。

「ねえ……今日暇なんだけどお。久しぶりに、あの貴族しか行けないお店連れてってよお」

ちなみに、スタイルはミゼットの好みの方向で非常にいい。

こうして抱きつかれていると柔らかい感触が背中にあたって非常に極楽《ごくらく》である。

「ははは、そうやな。じゃあ、今晩……」

そこまで言ったところで。

『……アンタの、ミゼットのことだから知りたいの。ダメかしら？』

なぜか、イリスの顔と昨日言った言葉を思い出した。

「……」

「どうしたの？」

「いや、スマン。そう言えばこれから忙しくなるんや、また今度な」

「えー、そんなこといわないでさー」

「ほな、ワイ用事あるから」

そう言ってしつこく奢《おご》られようと食い下がる女をなんとか振《ふ》り切ってイリスの家に到着《とうちゃく》する。

家の窓から覗《のぞ》くが中にはいなかった。

次に倉庫の方に行くと。

「……はあ、はあ、二百九じゅ、う……さん!!」

イリスは倉庫で指立て伏《ふ》せをしていた。

高速で走るボートに掴《つか》まり続けるためには、指の力は非常に大切だとイリスは常々言っていた。

「ははは、ホンマ毎日早朝からご苦労なことやで」

前は朝一番はボートの整備をしていたらしいが、ミゼットがそれを担当するようになってからは、毎日朝はトレーニングをしている。そうでなくても他の時間もほとんど起きている時間は練習に当てているのだから、浮いた時間で遊ぶなり何なりすればいいものを。

「おはよう、愛しのイリスちゃん」

「ああ、おはよう」

一言だけそう言ってトレーニングに戻るイリス。

そんな様子をミゼットは少し呆れながらも、好ましく思う。

ミゼットは倉庫の中に入っていき、いつもどおり革袋《かわぶくろ》の中から魔法道具を取り出すのだった。

（それにしても……）

ミゼットは改めて思う。

イリスほど圧倒的《あっとうてき》な覚悟《かくご》で圧倒的な努力をできる者はそうそういない。コレがあるから、ミゼットの作った『ディアエーデルワイス』は走れるのだ。

現在のイリスのタイムは、メジャーレーサーたちの中では中の下というところだろう。

しかしそれは、今までのレースでは磨《みが》き抜《ぬ》いて鍛《きた》え抜いた技量でなんとか『ディアエーデルワイス』の暴走についていってるだけの状態だからに過ぎない。技術者としての勘《かん》だがおそらく次か、その次のレースでイリスは『ディアエーデルワイス』を乗りこなす。

そうなれば、イリスは一気にタイムを伸《の》ばす。

メジャーレーサーのトップクラスたちと同じレベルに、魔力等級最下級の少女が。

——それから二ヶ月後。

イリス・エーデルワイスと愛機『ディアエーデルワイス』は、『ルクアイーレ杯《はい》』で接戦を制し優勝。コースレコードには遠く届かなかったが、メジャーレースでの初優勝を飾る。

それにより魔力障害者として初の『エルフォニアグランプリ』出場権を手に入れたのだ

った。

過去編　ミゼット・エルドワーフ　３

「……それにしても」

『エルフォニアグランプリ』の出場を決めた翌日。

ミゼットはイリスと貴族街を歩いていた。

「イリスにスポンサーおったとはなあ」

目的はイリス・エーデルワイスというレーサーが所属するチーム『シルヴィアワークス』のオーナーに直接『エルフォニアグランプリ』出場の報告をするためである。

チームと言ってもまあ、所属はイリス一人なのだが登録上は一応イリスは個人ではなくチームの選手なのである。

「そりゃあそうでしょ。いつも出走の時に『シルヴィアワークス』の名前呼ばれてたじゃない」

「いやまあそれはそうなんやけど、なんか箔《はく》つけるためにやっとるんかと思ったわ」

あと、個人選手よりは色々と信用を稼《かせ》ぎやすいということで、選手自らがオーナーになっているという例もある。

ただまあ、考えてみれば何年もマイナーレースですら優勝できない選手が、スポンサーなしに費用のかかる『マジックボートレース』を続けるのは金銭的に無理があるのは確かである。

逆に言えば、全く結果の出ないレーサーに支援《しえん》を続ける酔狂《すいきょう》なスポンサーもいないとは思うのだが。

「幼馴染《おさななじみ》でね。なぜかアタシに期待してくれてるのよ」

ミゼットの疑問を感じ取ったのか、イリスはそう言った。

「へえ」

それはなんとも珍《めずら》しい。

魔力障害持ちのレーサーに期待をかけ続けるとは。

しかも、今歩いているのが貴族街ということは、そのスポンサーもその大半が脳みそを魔力血統主義に毒されている貴族ということだ。

（……ワイが言えたことやないが、『シルヴィアワークス』を支援しとる貴族は結構な変わりものやな）

……ん？　貴族で、シルヴィア？

『おやおや、君が噂《うわさ》の第二王子かい？』

ミゼットの脳裏《のうり》に十年ほど前の記憶《きおく》がフラッシュバックする。

「……」

「ん？　どうしたのよ？」

「いや、なんか嫌《いや》な予感がしただけや」

「？」

イリスがどういうことなんだと首を傾げる。

そんなやり取りをしているうちに目的地についた。

目の前に見えるのは、五本の剣《けん》が描《えが》かれた家紋《かもん》のあしらわれた門。

（ああ、これ確定やな）

どこを見回しても豪華《ごうか》絢爛《けんらん》と言った感じの貴族街において、侯爵というその中でも高い地位にありながらこの全く誇示《こじ》しない広さの土地とこぢんまりとした家構え。

貴族間では有名な非魔力血統主義者、クイント家の邸宅《ていたく》である。

「これはこれは、イリス様!!　『エルフォニアグランプリ』の出場おめでとうございます。お嬢様《じょうさま》がお待ちしてましたよ。さあこちらへどうぞ」

緑色のミサンガをつけた使用人が嬉《うれ》しそうにイリスを歓迎《かんげい》する。

屋敷の中を案内されて歩いていくと、使用人に連れられた先には、外観と同じく質素な作りのドアがあり『当主応接室』と書かれていた。

「ではこちらへ。お嬢様がお待ちです」

イリスがドアをノックする。

「どうぞ、入ってきてくれたまえ」

中から聞こえてきた声は、それなりに年月が経《た》っているのに記憶の中にあるものと同じだった。

ミゼットが苦虫を口いっぱいに放《ほう》り込んだような顔をする。

イリスが慣れた手付きでドアを開けると、そこにいたのはやや平均よりも小柄な女のエルフだった。一番の特徴《とくちょう》はその珍しい、少し青色の混じった金髪《きんぱつ》だろう。それをツインテールにして腰《こし》まで垂らしている。

かなり整った顔立ちだが、あいも変わらずその視線はコチラを品定めしているかのようにニヤニヤとしていた。

「まずはおめでとうイリス、アナタならいつかやると思ってたわ。それから……」

女エルフ、クイント侯爵家当主の長女シルヴィア・クイントは、ミゼットの方に目を向ける。

「そちらのメカニックさんもお久しぶりね。相変わらず元気におもちゃ遊びと女漁《あさ》りに勤《いそ》しんでたかしら？」

「そっちこそ、せこい商売と男遊びに精力的やと噂になっとったで。変わらずふてぶてしそうで安心したわ」

お互いの皮肉たっぷりの言葉と相手を見下しきった視線が、二人の間でバチバチとぶつかり合う。

「え？　なに、アンタたち知り合いだったの？」

驚いたのはイリスである。

「まあ、知り合いというか」

「許嫁《いいなずけ》だよイリス。そこの軽薄《けいはく》男と私は親が決めた将来結婚《けっこん》する相手だったわけだよ。まあ……今はもう元許嫁だけどね」

■■■

ミゼットはハイエルフ王家や有力貴族たちにとって、ものすごく扱いに困る存在だったのは言うまでもない。

国王が周囲の反対を押し切り王家に入れた全く別種族の母親との混血であること。この時点で魔力血統主義を貴族達《たち》を束ねる根拠《こんきょ》にしている王家にとっては、あまり良くない存在なのだが、よりにもよってこの混血児は魔力血統の恩恵《おんけい》を誰よりも受けて生まれ落ちたのである。

簡単に言ってしまえば魔力的な資質において超天才児《ちょうてんさいじ》だった。

また性格も全く大人しくなく、まさに制御《せいぎょ》の利かない大問題児である。

そのため有力貴族たちはなんとかこの暴れ馬を制御できないかと考えた。

そこで思いついたのが、さっさとどこかの貴族の婿《むこ》に出してしまおうかということだった。あの問題児は実質貴族内で母親以外からは孤立《こりつ》しているからこそ、気ままに暴れることができるという面もあるだろう。

仮に嫁《よめ》や子供ができれば、自分の行いで彼女《かのじょ》たちに迷惑がかかるのだ。

もちろん、そんなことを気にせずにやりたい放題やるかもしれないが、母親を慕《した》っているところを考えると効果がある可能性は十分にあった。

ただし、そこでネックになったのが肝心《かんじん》の相手探しである。

いくら王家との血縁《けつえん》ができる機会とはいえ相手は王家の中でも疎《うと》まれる混血。血統主義の貴族たちとしては身内に招き入れるにはいささか抵抗《ていこう》が大きかった。

また、そのような状態の家に無理やり婿に出しても意味がないだろう。行った先の家の人々に対して愛着をもってもらわなければ意味がないのだ。

となると魔力血統主義的な考えが薄《うす》い貴族がいい。

なおかつ、さすがに王家の人間が婚姻《こんいん》するとなればそれなりに家の格自体が高くなくてはならない……。

となればそこでクイント家に白羽の矢が立つのは必然だった。

侯爵《こうしやく》家でありながら、魔力等級の低いものも区別なく屋敷で雇《やと》っている。今の当主からでなくクイント家は伝統的にそうなのだ。

貴族たちからすればやや理解し難いが、たとえ魔力的に優《すぐ》れていないものでも他の分野では大差はないだろうという考えである。

まあ、変わり者同士ちょうどいい。

有力貴族たちは、さっそくクイント家に使いを送り縁談《えんだん》の話を持ちかけた。

丁度いいことに同い年の長女がいるのと、やはり変わり者のクイント家当主は「いんじゃね？」とものすごい適当な感じでＯＫを出した。色々と交渉《こうしよう》材料を用意していたのに拍《ひよう》子抜《しぬ》けである。

——そんなわけで婚約《こんやく》が決まったそうです。

と、平民の家に勝手に上がりこんで飯を食ってきた帰りにそんなことを、母親の使用人から言われたミゼットだった。

「相変わらずアホで勝手な連中やなあ」

ミゼットは呆れたようにそう言った。

「では、お断りしますか?」

「お腹《なか》痛いから無理ってゆうといて〜」

とメチャクチャすぎる理由をのたまうミゼット。

しかし、この使用人はミゼットが生まれる前からミゼットの母親に仕えていた者で、ミゼットという人物をよく知っていた。

「そうですか……では相手方の娘《むすめ》さんには、王子は『お前など顔を見るまでもなく俺《おれ》の相手には相応《ふさわ》しくない』と言っていたと伝えておきますね」

「え、いや、そこまでは言うてへんが……」

「少々お可哀《かわい》そうですね。婚約者《こんやくしゃ》に会う前から振られた女という汚名《おめい》は、貴族の娘として少々厄介《やっかい》な重荷になるでしょうから。でもまあ、ミゼット様がそうおっしゃるなら」

「ああ、もう、分かったわ。会うだけ会うわ」

なんともズルい言い回しである。

だが同時に、確かに勝手に決められた縁談ではあるが相手の女の子がいるというのも事実。自分で見定めもしないでケチをつけるとあっては、ミゼット・ハイエルフ一生の恥《はじ》である。

というわけでそれから一週間後、王城の別邸《べってい》で開かれたパーティで婚約者との初対面となった。

本来正装をしていく場にもかかわらず、ミゼットは堂々と普段《ふだん》のラフな格好でやってきた。

そして、クイント家の当主の前に来て。

「噂の問題児です。よろしゅう」

いつもどおりのニヤニヤした顔でそう言った。

そんなミゼットの態度にもクイント侯爵《こうしゃく》は。

「いやいや、噂通りの型破りだねハッハッハッ!!」

と笑うばかりだった。

少なくとも父親の方は好感が持てるなと思った。

(さて、肝心の娘の方は……)

父親の後ろから豪華《ごうか》ではないが洗練されたデザインのドレスを着た少女が現れる。

自分と同じ年の少女は、幼いながら優雅《ゆうが》な動作でドレスの裾《すそ》を両手で持ちながら会釈《えしやく》する。

そして顔を上げると。

端整《たんせい》な文句なしの超美人《ちようびじん》顔。

「やあ、はじめまして婚約者くん。私はシルヴィア・クイントだ」

が、しかしその目はどこかで見たことがあるニヤニヤとした目線をこちらに向けていた。

そう、この馴染《なじ》み深《ぶか》い人をバカにしたような目は……。

「……ほうほう」

「……あらあら」

二人はじっくりとお互いの目を見つめ合う。

ミゼットは目の前の婚約者にいつもどおりのニヤニヤした顔で言う。

「コレは、無いやろな？」

婚約者もニヤニヤしたまま言う。

「そうだね。これは無いね」

「二人共急にどうしたんだ？」

不審《ふしん》がるクイント侯爵。

「というわけで、婚約は解消や」

「そういうことだ父上。すまないね」

「って、おいおいちょっと待ってくれ。まだ会ったばかりじゃないか」

困ったようにそう言うクイント侯爵に対して、二人は言う。

「この女は、たぶん性格がワイと似とるわ」

「この男は、たぶん性格が私と似てるわ」

最後は二人同時に。

「「だから、きっと性格が悪いからコレとは結婚したくない」」

クイント侯爵とそれを見ていた婚約のために動いていた貴族たちは、何を言ってるんだコイツ等はと頭を抱《かか》えるのだった。

■■■

「……ってなことがあったわけやな」

ミゼットは一通りのことを話し終えるとそう締《し》めた。

「懐《なつ》かしいねえ。それからはまあ、ミゼットが社交界に顔を出さなくなったから会うこともなくなった。しかしまあ、こうして成長した君を見ると……」

シルヴィアはミゼットの上から下までじっくりと眺《なが》めて言う。

「……うん、全くそそられないねえ。顔面は満点くれてやってもいいが、やはり私は縦にも横にもデカイ男が好みだよ」

「奇遇《きぐう》やな。ワイもお前の顔面だけはイリスちゃんの次に好みやけど、その小枝みたいな体は対象外や」

「やはり君との婚約《こんやく》を破棄《はき》してよかったよ、ふふふふ」

「それも同意や、なははは」

「……アンタ達、実は仲いいの？」

イリスは似た者同士の二人を呆《あき》れた目で見る。

「まあ、話を戻《もど》そう。イリス、とうとう『エルフォニアグランプリ』の出場を決めた君には、是非《ぜひ》とも私から良質の魔石をプレゼントさせてもらうよ。『ディアエーデルワイス』の燃料はこれだと聞いている。ならばなるべく良質なもののほうがいいだろう？」

「……ええ、ホントに、コレまでありがとうシルヴィ」

「ははは、いいってことさ。それに私はスポンサーだよ？　あくまで利害関係さ。君が大きな結果を出せば、魔力障害者レーサーという背景もあって話題性は抜群《ばつぐん》。私は投資をしているんだから気にしないでくれたまえよ」

「おいおい、ワイには何かないんか？」

「元許嫁の熱いキスとかいかがか？」

「なんやお前、ワイにゲロ吐《は》かせたいんか？　宗教上の理由で性の悪い女と粘膜接触《ねんまくせっしょく》すると死にたくなるねん」

「奇遇だね。私も想像しただけで、下の口がサルバトール砂漠《さばく》（大陸最大の砂漠）並みにカラッカラに乾燥《かんそう》して膣壁《ちつへき》があかぎれを起こしそうになったよ。まったくどうしてくれるんだい？」

「やっぱり、アンタら実は仲いいわよね？」

イリスの当然の疑問に、何を言ってるんだお前はという表情をする二人。

それはコッチのセリフである。

「……さて。これからは少し悪い知らせだ」

シルヴィアが真剣な表情に切り替《か》える。

「どうやら、貴族たちが色々と手を回しているらしい」

「……まあ、そうなるかもとは思っとったがな」

ミゼットは不愉快《ふゆかい》そうに顔を歪《ゆが》める。

「君の兄上辺りは結構過激なことを提案しているようだが、周りはそこまでしなくてもいいだろうと考えているみたいだね。私が掴《つか》んだ情報では、彼《かれ》らは来年から『魔石式加速装置』を使用禁止にするルール改正を考えているみたいだ」

シルヴィアも呆れた奴《やつ》らだと、肩《かた》をすくめる。

「実際、理屈《りくつ》は通ってはいる。イリスのせいで忘れそうになるが『魔石式加速装置』は操作が難しい。不用意な事故の可能性を減らすという目的であれば、確かに禁止されてもおかしくはないものだ」

「ゆうても、あまりにも露骨《ろこつ》な狙《ねら》い撃《う》ちやから、ここまでイリスちゃんが有名になっては今シーズン中のルール改正はいくらなんでも反感を買うか」

「そうだね。だからこそ、イリスには今シーズン負けてもらって来年から禁止にしようとしている。『魔力血統主義《まりよく》』の維持も大変だねぇホント。魔力障害者たちの英雄《えいゆう》なんて、できてもらっちゃ困るってことさ」

「ほんま、アホくさいわ。イリスちゃん、『エルフォニアグランプリ』ではあんまり気にせんで走ってええんやからな。さっきもゆうたが少なくとも来年以降の話や」

ミゼットはそう言ってイリスの方を見る。

イリスは壁《かべ》に寄りかかって話を聞いていたが。

「ああ、分かってるよミゼット。要は、アタシが今年優勝すればいいんでしょ？」

イリスはなんというか、思ったよりも遥《はる》かに冷静に告げられた事実を受け止めていた。

「もしアタシが優勝すれば……ちょっと自分で言うのがむず痒《がゆ》いけど、シルヴィアの言う『魔力等級の低いエルフたちの英雄』になる。そんな選手を狙い撃ちしたルール改正は、いくら国民が政治に関心の薄いこの国でも反感を買うわ。だから、優勝すればいい。そうすれば、来年以降もアタシ以外でも、この『ディアエーデルワイス』型のボートで戦うことができる」

イリスは少し自嘲《じちょう》気味に言う。

「たぶん、貴族の連中は魔力障害の出来損《そこ》ないが勝つなんて無いと思ってるんでしょうね。『魔力血統主義』の頂点に君臨する『完全女王』に勝つことなんて、少なくとも今年は無いと……」

ミゼットはイリスの言うことを聞いて、ふと思った。

意外にも貴族たちの考えることをよく分かっているな、と。

「……さて、戻って練習するわ」

そう言うと、部屋のドアに向かって歩いていく。

「はは、イリスちゃん勝つ気満々やで」

ミゼットもソファーから立ち上がり、その後についていこうとしたら。

「ああ、ちょっと待ってくれ。イリス、少しミゼットを借りてもいいかね？　久しぶりに会ったので話がしたいのでね」

「え？　ワイ普通《ふつう》に嫌やねんけど」

ミゼットを無視してシルヴィアはイリスの方を見る。

「……いいけど」

「おや、ミゼットの協力が必要な練習をしたいのかい？　それならまた今度にするが」

「そうじゃなくて、アンタら元婚約者なんでしょ。しかも結構似た者同士だし。だから、その……」

イリスは何か言いたげにミゼットを見たが。

「いや、なんでもない。ミゼットに調整してもらいながらの練習は後に回すから、ゆっくり話していいわよ。じゃあねミゼット」

「あいよ。大会前に追い込みすぎんようになー」

バタン、とイリスが出ていき部屋の扉《とびら》が閉じた。

「……」

「……」

静寂《せいじゃく》がミゼットとシルヴィアを包み込む。

やがてシルヴィアが言う。

「……見たかね、我《わ》が幼馴染のあの乙女《おとめ》な反応を。ミゼット、たぶん押《お》せば抱《だ》けるよアレは」

「それは、言われんでも分かっとるわ」

伊達《だて》に女遊びを生きがいにしていないミゼットである。

「なんだ、分かってるのに手を出さないのかい？　ミゼット・ハイエルフともあろうものが、随分《ずいぶん》と丸くなったじゃないか」

「うっさいわい。未《いま》だに貴族のオッサンどもの上を渡《わた》り歩いて遊んでるお前と違《ちが》って、暇やないねん」

「おいおい、失礼な言い方だね。ワンナイトとは言え、あの瞬間《しゅんかん》私とオジ様たちは愛し合っているんだ。遊びではなく真剣《しんけん》だよ」

「……それで、こんな話をするためにワイを残したわけやないよな？」

ミゼットにそう言われ、シルヴィアは真剣な表情に切り替える。

「……ミゼット、君はあの子の過去をどこまで知ってる？」

「それほどは知らんな。まあ、なんかあったのはどう見ても明らかやが。それよりも、シルヴィア。仮にも侯爵令嬢《こうしやくれいじよう》のお前が、幼馴染って話やけどどこで知り合ったんや？　ベタなところやと、使用人の娘だったたってとこやろうけど」

シルヴィアは首を横にふる。

「いや、もっと簡単な話さ。あの子は、元々貴族の子供だよ」

「……なに？」

「社交界に顔を出さなくなった君でも、ホワイトハイド家はさすがに知っているだろう？」

「まあさすがにな」

ホワイトハイド家は魔力血統主義が色濃《いろこ》い有力貴族の一つである。

「……ああ、ホワイトか。つまりエーデルワイスってのは『堕《お》ち名』ってわけか」

「そう、彼女は九歳《さい》で魔力障害を理由に家を追われたんだ」

魔力血統主義の色濃い貴族の家ではままあることである。

自分たちの血のブランドを守るために、先天的に魔力の極端《きよくたん》に低い子供を家から追放し「いなかったことにする」のである。

その時、貴族街の外で平民としての身分で名乗るためのファミリーネームである『堕ち名』が与《あた》えられる。

人にもよるが『堕ち名』に元の家の名残《なごり》を入れるものは少なくない。イリスのエーデルワイスもそういうことなのだろう。

「それで……結局、ワイに何が言いたいんや？」

ミゼットがそう言うとシルヴィアは意外な行動に出る。

深々と、ミゼットに対して頭を下げたのである。

「……ミゼット、本当にありがとう」

「おいおい、らしくないな」

少々以上に驚《おどろ》くミゼット。

「あの子が家を追放される時、まだ子供の私は何もできなかった。私にできたのはせいぜい父親の事業の一部を譲《ゆず》り受けて稼いでいた資金の一部で、あの子のやりたいボートレースの支援をすることだけだった」

シルヴィアは珍しく沈痛《ちんつう》な表情を浮《う》かべる。

「ただ、いつも思っていた。私が支援してしまってるからこそ、あの子は命を削《けず》りながら自分に決して向いていないことをやり続けてしまっているんじゃないかって。だから、あの子に勝てる手段を授《さず》けてくれてありがとう。あんな柔《やわ》らかい表情のイリスを見たのは、あの子が家を追放される前以来だったよ……」

……なるほどな。

と、ミゼットは納得《なっとく》した。

常に孤独《こどく》の中でレースに挑《いど》んでいたように見えたイリスだったが、たった一人だが味方がいたらしい。

たぶんだが、きっとその存在はイリスにとっては心の支えになっていたに違いない。

まあシルヴィアにそんなことを伝えてやる気は毛頭無いが。

「ミゼット、イリスを頼《たの》んだよ。あの子は無茶《むちゃ》するから……」

「ははは、任しとき。大事なマイハニーやからな」

ミゼットはそう言い残して、シルヴィアの部屋を出ていった。

□□□

貴族街の一角。

王城ほどではないが、十分に豪奢《ごうしゃ》な作りの銀色の屋敷《やしき》が鎮座《ちんざ》するのがロズワルド家の領地である。

さて、そのロズワルド家の本邸《ほんてい》にはその夜、一人の来訪者が来ていた。

「急に訪ねて来て悪かったね」

堂々たる出で立ちと、純血中の純血を表す鮮《あざ》やかな金色の髪《かみ》。第一王子、エドワード・ハイエルフだった。

「いえいえ、まさかエドワード様に私どもの屋敷を直接訪ねていただけるとは。光栄の極《きわ》みです。妻などは、エドワード様が入ってきた時に踏《ふ》んだカーペットを記念に飾《かざ》りたいなどと言っているくらいですよ」

ロズワルド大公はそう言って大げさにエドワードをもてはやす。

正直自分でも大げさすぎるとは思っているが、こういうのは貴族のマナーのようなものである。こういうのを大げさでも常日《つねひ》頃《ごろ》からやれるものが、出世をしていくのだ。

「それで、この度はどのような用件で？」

「いやなに。今話題になっている、短命ザルのレーサーについてだよ」

「……ああ、あのホワイトハイドからのあぶれ者ですか」

ロズワルド大公はやや不思議そうな顔をする。

「確かにあのような者に歴史と権威《けんい》ある『エルフォニアグランプリ』で優勝などされては、愚民《ぐみん》どもが妙《みょう》な勘違《かんちが》いを起こす風潮を起こしかねませんな。しかし、だからこそあの者についての前有力貴族たちと集まった時に対策は考えたではありませんか。エドワード様の使いもあの場にいましたから結果は聞いているのでしょう？」

「ああ、来年のルール調整で、魔石式加速装置を使用禁止または個数を制限するルールを作ってしまおうということになったらしいね」

「ええ。確かにあの小娘《こむすめ》は速いですが少なくとも今年のうちに、エドワード様の妹君でもある、我らが『完全女王』に勝てるとは思えませんですからな。私が責任をもってルール改正を成立させますので」

そう。

いくら勢いのある選手と言っても『エルフォニアグランプリ』に出場する選手の中では中の下。なんとか出場を掴み取ったというレベルに過ぎない。格上の超一流《ちょういちりゅう》レーサー全員を抑《おさ》えて優勝するには、いささか実力不足だろう。

さらに現在、マジックボートレース界には最強の女王がいる。そして、その女王は『魔力血統主義』のど真ん中、ハイエルフ王家の直系である。

普通ならいくら安定した強い選手だからといってもミスや不調などがある、と皆考えるものだが、あの絶対的な走りを知る有力貴族たちにその発想はなかった。

ロズワルド大公としても今年は『完全女王』が圧勝するか、少なくとも他のレーサーが勝つことになるだろうと確信している。

しかし。

「ヌルいね。君たちは本当にヌルい」

エドワードは軽蔑《けいべつ》を込めた声音《こわね》でそう言った。

「ぬ、ヌルいですかな」

そう言えば、この前の話し合いの時もエドワードはいささか乱暴な策を提案していたなと思い出す。

「しかしですね。エドワード様の使いの方から提案いただいた策は、仕掛《しか》けが少々過激で実行するにはリスクがありますからな」

放っておいても勝手に負けてくれる可能性が大きいのに、わざわざリスクを取って潰《つぶ》す必要があるのか。

有力貴族たちはそう感じたため、安全な策をとったのだが。

「そうとも。確かに劣等《れっとう》の小娘一匹《ぴき》だけなら僕《ぼく》も捨て置く。だが、忘れていないかい？」

エドワードはロズワルド大公に一歩近づきながら言う。

「その小娘に協力してるのは、あの混ざりものさ。僕はあのエルドワーフを『汚《けが》らわしいと思っているが、全く舐《な》めてはいない』。あの男が関《かか》わっている以上は万全《ばんぜん》を尽《つ》くすべきだと思うね」

表情には優雅な笑《え》みを浮かべているが、その迫力《はくりょく》はかなりのものだった。

「た、確かにあの混ざりものが関わると色々と碌《ろく》なことがないのはおっしゃるとおりですな」

ロズワルド大公はエドワードに同意しつつも、「うーむ」と唸《うな》って難しい顔をする。

エドワードの話は確かにあの問題児と直接関わったことがあるからこそ理解できる。なんだったら、この前苦い思いをさせられたばかりだ。

だがしかし、リスクを取るほどかと言われると……。

「ああ、そうそう。新しく見つかった三つの鉱山だけど、僕の名前でもう一つ君の所有物であることを保証したいと思っているんだが」

「ほ、本当ですか⁉」

領土の境界に跨《また が》る鉱山などは、所有権の揉《も》め事《ごと》が起こりやすい。そういう時には本来は国を全《すべ》て治めているという名目である王族の承認《しょうにん》をとっていると、大いに交渉を優位に進めることが可能である。

元々、この件の担当者として成功の暁《あかつき》には鉱山を一つ所有できることが約束されているのだが、エドワードはその範囲《はんい》を広げると言っているのだ。

「……なるほど。分かりました。エドワード様の使いが提案された策を、実行させていただきましょう」

「ふふふ。君なら分かってくれると思ったよ大公」

「ただし、二つの内の一つ、事前に襲撃《しゅうげき》をかけて負傷させるというのはリスクが大きすぎますので、実行するのはもう一方のほうということでいかがでしょう？」

「……まあ、いいだろう。君も中々慎重《しんちょう》だね」

「申しわけありません。私めにはエドワード様のような胆力《たんりょく》がありませんので……」

「ははは、まあ仕方ないさ。歳を取ったらあまり心臓に悪いことをするものじゃない」

用件の済んだエドワードは、挨拶《あいさつ》をしてロズワルドの家を後にした。

「……ふん。腑抜《ふぬ》けた老人め」

エドワードは帰りの馬車に乗りながら一人呟《つぶや》く。

「仕方ない。こちらの方でも独自に手を打っておくか……今度からはもっとリクスを取れるものに協力させるほうがいいな」

□□□

さて。

本日は『エルフォニアグランプリ』の当日。

開会のセレモニーも終わり、いよいよレースが始まる。

『エルフォニアグランプリ』は予選と本戦の二日間に分けて行われる。

初日の予選は、各選手が朝の9時から夕方5時までの間に自由に走りタイムを測定する。その一周のタイムの最も良かった記録の三つを足した数値を参照し、上位五名が決勝進出となる。

いつ走るかは選手の裁量に任せているため選手たちは二つのタイプに大別される。早めに自分のペースで走ってしまって結果を出したいタイプと、他の選手の動きやタイムを見て目安を確認《かくにん》してから走るタイプである。

イリスとミゼットは初参加ということもあり、後者の作戦を取ることにした。

今走っているのは、前者の自分のペースで走ってしまいたいタイプのレーサーたちである。

彼らの特徴として、大会常連の選手が多い。どれくらいで予選を通過できるか感覚でわかっているし、また順当に走ればその予選通過ラインを悠々《ゆうゆう》と超《こ》えることができる自信があるからである。

「要は、今走っとる連中は全員超一流ってことやな」

「ええ、そうね」

ミゼットはコースを走り回るボートを見ながら、隣《となり》にいるイリスにそう言った。

「皆やっぱり上手《うま》いし強いわ。ちょっと前までいたマイナーレースの選手たちとは全然違う。ただ、その中でも……」

「ああ、まあアイツは別格やな」

ミゼットの目線の先には、ボートを操《あやつ》る一人の少女がいた。

手足が長くスッとしたスレンダーで完璧《かんぺき》なバランスを持った肢体《したい》、透《す》き通るような白い肌《はだ》に華《はな》を添《そ》えるのは、エルフとしての純血を知らしめる風になびく混じりけのない鮮やかな金色の髪。

エルフォニア王国第二王女、ミゼットの腹違《はらちが》いの一つ下の妹にして、現在『エルフォニアグランプリ』七連覇《れんぱ》中の『完全女王《パーフェクト》』である。

その走りは、あだ名の通りまさに「完全」と言うべきだろう。

一切《いっさい》の無駄《むだ》が無い完全な効率を突《つ》き詰《つ》めた走法。それで何周しても、一切ミスすることなく安定して続ける技術力と集中力。それらを支えるハイエルフ王家の血を濃《こ》く受け継《つ》いだ証である膨大《ぼうだい》な魔力量。

エリザベスが他のレーサーたちを突き放《はな》し悠々とゴールラインを切る。

「ラップタイム04：00：7か……」

すでに自身の持つ『ゴールドロード』のコースレコード04：00：5に迫《せま》るタイムである。他のレーサーたちは四分ゼロ秒台に入ることすらできていない。コンマ一秒を争うこの競技で秒単位で他の選手と差があるのである。

そして、そのタイムにも観客も選手たちもなんというか、慣れたものだった。

エリザベスが十一歳でメジャーレースにデビューし、その年に『エルフォニアグランプリ』を優勝してから今日までずっとこの調子である。

ここ数年の『エルフォニアグランプリ』には、独特の雰囲気《ふんいき》があった。

一言で言えば……あきらめムードだ。

優勝は『完全女王』でとりあえず決まり。見どころは二位争い。いや、むしろ予選レースで誰《だれ》が本戦に残るかの戦いが一番見ていて楽しい、という者がかなり増えている。

(……まあ、気持ちは分かるんやけどな)

元々『エルフォニア』は才能信仰《しんこう》の強い国だ。

『魔力血統主義』は貴族たちだけではなく、一般《いっぱん》市民にも根付いている。

(イリスちゃんが、この雰囲気に飲まれんとええが)

そう思ってイリスの方を見ると。

「……ねえ、ミゼット。毎年観客として『エルフォニアグランプリ』は見てたから分かってはいたけど、やっぱり『完全女王』は凄《すご》いわね」

そう言ったイリスの表情は……。

「……だから、アタシは勝ちたいわ」

穏《おだ》やかで、強い決意に満ちていた。

「……ははは、心配するまでもなかったか」

そうだ、この少女はずっと「それ」と戦ってきたのだから。

才能の壁、現実の壁、どうしようもないそれにどれだけ打ちのめされても、この競技を続けて来たのだ。

今更《いまさら》、圧倒的《あっとうてき》な才能を見せつけられたところで、そんなものは見慣れているという話だろう。

「そろそろ、アタシも行ってくるよ」

「ああ、せや。これ」

ミゼットが手渡《てわた》したのは網目状《あみめじよう》の金属で小型の魔石を囲ったものである。

フックがついており、耳に引っ掛《か》ける事ができるようになっている。

「なにこれ?」

「通信機や」

「つうしんき？」

ミゼットがもう一つ同じものを取り出し、そこに向けて話しかける。

『どや？　ワイの声聞こえるやろ？』

驚くイリス。通信機からミゼットの声が聞こえてきたのだ。

「イリスちゃんは、念波通信魔法を使う余裕《よゆう》ないからな。コレなら魔力を消費せずにレース中に情報交換《こうかん》ができるで」

「相変わらず、アンタって常識はずれよね」

イリスはそう言ってピットへ向かう。

その背中を見送っていると、通信機から声が聞こえてきた。

『いつも、アタシのためにありがとう』

「ははは、直接言ったらええやんけ」

□□□

「……ホントにここまで来れるなんてね」

イリス・エーデルワイスはピットに向かう廊下《ろうか》を歩きながら、一人そんなことを呟いた。

もちろんこれまでだって、『エルフォニアグランプリ』に出るつもりでやってきた。練習も本番も全力を尽くさなかったことなど誓《ちか》って一度もない。

しかし、どうしても自分がそこに行けるイメージが湧《わ》かなかったのだ。

それが、気づけばたった数ヶ月でその舞台《ぶたい》に立っている。

「不思議なものだわ」

イリスはピットに着くと、ボートを移動させるための台からボートを外しピットに浮かべる。

そしてボートに乗り込んだ。

操縦桿《そうじゆうかん》を握《にぎ》る。

すっかり愛機となった『ディアエーデルワイス』は、それだけで体と一体化したような感覚になる。

「ふう……」

イリスは大きく深呼吸をして目を閉じる。

いよいよ自分は憧《あこが》れた舞台を走る。

『イリスや……レースは楽しいかい？』

思い出すのは懐かしい祖父の言葉。

そして今日コレまでのこと。

■■■

イリスが生まれたのは『魔力血統主義』のヒエラルキーでも上位に位置するホワイトハイド伯爵家《はくしやくけ》だった。

小さい頃《ころ》からイリスはマジックボートに乗ることが大好きだった。

初めは上手く乗れなかったが、誰よりも熱中して乗っているうちにいつの間にか自然と同じ歳の子たちの中では誰よりも上手くなっていた。

本当に一日中乗っているものだから、幼馴染《おさななじみ》で一緒《いつしよ》に将来はプロになろうと話していたシルヴィアに「イリスみたいな子が、一流になるんだろうねえ。私にはどうやら向いていないらしい。とてもそこまでの情熱は持てないよ」と言われたほどだ。

スッパリと八歳でやめてしまったシルヴィアの思い切りの良さは、凄いなと思いつつも少し寂《さび》しかった。

だが、イリスはそれでもマジックボートが好きだった。

両親や家の皆は子供のレースではあったが優勝すると褒《ほ》めてくれたし、何より元レーサーの大好きな祖父が嬉《うれ》しそうにボートに乗っている自分を見ていてくれた。

祖父はいつも言うのだ。

『どうだいイリスや。レースは楽しいかい？』

それに対してイリスはいつも答える。

『うん。アタシ、レース大好き。大きくなったら絶対に「エルフォニアグランプリ」で優勝するからね!!』

楽しい日々の楽しい夢だ。

そう、小さい頃はイリスは他の子たちと変わらずマジックボートを操作できていたのだ。

実はイリスは生まれた時から魔力障害だったわけではない。

『後天性経絡封鎖《けいらくふうさ》』。

魔力の回路である経絡が成長の過程で塞《ふさ》がりながら成長してしまうという原因も治療法《ちりょうほう》も不明の後天的な魔力障害である。

前年大好きな祖父が死んだ悲しみも拭《ぬぐ》いきれていない九歳の時に、イリスはそれを発症《はっしょう》した。

ジュニアレースの途中《とちゅう》で、急に魔力欠乏《まりょくけつぼう》を起こし棄権《きけん》したのである。

それから、みるみるうちに魔力量は減っていった。

それと同時に、今まで優《やさ》しかった両親や周囲の自分を見る目も変わっていった。

ああ、この子は違ったのね。

このままでは我が血統に傷がつくな。

かわいそうな子。

そんなことを皆が言っているのが耳に入ってきた。

そしてある日、父親がイリスに告げた。

「すまないがイリス、今日からホワイトハイド家の人間ではなくなってもらう事になった」

隣にいる母親に助けを求めるように顔を見るが、母親は気まずそうに顔を背《そむ》けるばかりだった。

……ああ、そうか。

もう、この人達《たち》は自分の家族じゃなくなったんだ。自分に魔力障害があると分かったあの日から。

家を出る日。

コレまでは笑顔《えがお》で話していた家の人たちが誰一人《だれひとり》目を合わせようとしないのを見て、イリスは祖父が少し前に死んでいたのは、少しだけ救いだったかもしれないと思った。

もし、祖父にまでこういう反応をされたら、今にも崩《くず》れそうな自分の心は間違《まち》いなく砕《くだ》け散っていただろうから。

そして、イリスはホワイトハイド家から追放され生まれた時から名乗っていたファミリーネームを名乗れなくなった。

残ったのは家が手配した平民街の外れにある古びた一軒家《いっけんや》。これからは一人で生きていかねばならなかった。

最初の夜、硬《かた》いベッドの上で一人横になっていると。

「……うぅ、ぐすっ」

自然と涙《なみだ》が出てきた。

家の事情だって分からないわけじゃない。この国の貴族社会では血統のブランドを守ることの大切さも幼いながら分かっている。

でも、それでも最後は自分のほうが大切だと言ってくれる両親だと思っていたのだ。

その幻想《げんそう》は儚《はかな》く打ち砕かれた。

自分には何もなくなってしまった。

大好きなレースも、大好きだった家族も。

そうして、数ヶ月泣き続けた。家を出る時に持ってきた食料は途中で底をついたが、食欲もわかなかったので途中からは水だけ飲んでただ呆然《ぼうぜん》としては時折襲《おそ》いかかってくる喪《そう》失《しっ》感に嗚咽《おえつ》を漏《も》らす。

ただ、それだけの時間を過ごした。

泣いて泣いて、泣きつかれて。これ以上涙も声も出ないくらいに全てを出し切ったある日。

「……ああ、ボートに乗りたいな」

ただ、純粋《じゅんすい》にそう思った。

魔力障害が判明してからはボートに乗らせてもらっていなかった。

聞いた話ではここは祖父が練習場にしていた施設《しせつ》らしい。

イリスは導かれるように、ボロ屋の隣《となり》にある倉庫の方に歩いていき扉を開ける。

その中にあったのは。

「ああ」

古いマジックボートだった。

祖父の乗っていたものだろう。名前は『グリフォンビート』。

イリスは栄養不足で満足に動かない体を引きずりながら、なんとかボートを近くの湖まで持っていき水面に浮かべてその上に乗る。

操縦桿を握って魔力を込める。

すると……動いた。

「……ははは」

ものすごくノロノロとした動きで、コレなら手で漕《こ》いだほうが速いのだが、それでもボートは動いたのだった。

『どうだいイリスや。レースは楽しいかい？』

祖父の声が聞こえた気がした。

「……うん」

イリスは誰もいない夜の湖で一人誓う。

「おじいちゃん、アタシは絶対に『エルフォニアグランプリ』で優勝するよ」

全てをなくしてしまった自分だったけど、この夢だけは絶対に諦《あきら》めたくないと心から思ったから。

■■■

「……さて」

イリスは目を開けた。

『出走します。32番。シルヴィアワークス、操縦者イリス・エーデルワイス、機体名「ディアエーデルワイス」』

「行くわよ」

イリスは魔力を操縦桿に込めた。

僅《わず》かなラグの後、一斉《いっせい》に点火する六つの魔石式加速装置。

凄《すさ》まじい加速力でピットを飛び出していく。

フライングスタートの心配の無い予選レースでは、スタートから全力で加速する事ができる。

会場から驚嘆《きょうたん》の声が上がる。

観客たちの中には、まだイリスの走りを生では見たことのないものも多い。

間違いなく今大会ナンバーワンの加速力を見せ、ホームストレートを驀進していく『ディアエーデルワイス』。

なぜだろう。なんとなくだが、いつもよりボートが暴れていない気がする。

最初のターンポイント。

いつもならかなり早めに減速を図《はか》るが。

ああ、これはもう少し遅《おそ》く減速できるな。

そうイメージした通り、いつもよりも2m も遅《おく》れて減速したが、見事なターンを決めて曲がりきった。

「……」

そこで、イリスは気がついた。

「うん。今日は調子がいいわ」

調子がいいと言うか、今までなんとかしがみついていた感じだった『ディアエーデルワイス』を、ちゃんと操っているという感覚があった。

前にミゼットがチラッと、自分がこの機体を乗りこなせるようになった時が『ディアエーデルワイス』の真の完成の時だと言ったが、それが今来たということだろうか？

まあ、そんなことはいいか。

だってこんなに気分がいいのだから。

辛いこともあったけど、私は今こうしてここにいる。

あの夢を誓った夜のあと、様子を見に来たシルヴィアがスポンサーに名乗り出てくれた。

それからは必死でハンデなんて埋《う》めてやると努力を続けて走り続けて。

ニヤニヤした面倒《めんどう》くさい男との奇妙《きみょう》な出会いがあって。

『ディアエーデルワイス』がコースを一周し、ゴールラインを切った。

会場中がざわめく。

掲示板《けいじばん》に表示されたラップタイムは04：00：8。

『完全女王』にあとコンマ一秒差と迫る凄まじい記録だった。

『ははは。最高やでイリスちゃん』

通信機からミゼットの楽しそうな声が聞こえてきた。

『さあ、後二周。今の感じで軽く予選突破《とっぱ》したれ』

□□□

「……バカな」

ロズワルド大公は唖然《あぜん》とした様子でそう言った。

そうなるのも無理はないだろう。

一つ前のレースまでは『エルフォニアグランプリ』に出場する選手の中ではよくて中の上。超一流たちには大きく及《およ》ばないはずだったのだ。

それがたった今、この一度の走りで魔力《まりょく》血統が誇《ほこ》るマジックボートレーサーの最高傑作《けっさく》たる、エリザベスに肉薄《にくはく》するタイムを叩《たた》き出したのである。

「ほら、言ったとおり用意をしておいて良かったろう？」

一方ロズワルドの隣に立つ、第一王子エドワードはそれほど驚いていない様子でそう言った。

「……エドワード様は、こうなることを予想していたのですか？」

「別に、具体的に予想していたわけではないさ。ただ僕は計画を立てるときは、何かが起こる前提で立てるんでね」

エドワードは厳格なまでの『魔力血統主義者』ではある。

だが同時に血統に恵《めぐ》まれない者たちを必要以上に侮《あなど》らないという、現実主義的な目線も持ち合わせていた。

卑《いや》しい血の連中ほど、自分たちのような恵まれたものに勝つために執念《しゅうねん》を燃やす。

それゆえにこちらの予想を超えてくることをやってくるかもしれないと考え、十分に警《けい》戒《かい》しているのだ。

だからこそ、エドワードはいくつも策を張り巡《めぐ》らせるし、そのためのリスクや投資をいとわない。

「いやはや、しかし私などエドワード様に比べれば考えが浅かったですな。事前に仕込んでおかなければ、さすがに明日の決勝には間に合わなかった」

「全くそのとおりだよ、大公」

エドワードはその長身でロズワルドを見下ろしながら、ズンと一歩迫る。

「君の理解が浅いせいで、もっとも単純な『開催《かいさい》直前に怪我《けが》を負わせる』という効果的な作戦が使えなくなってしまった。なぜだか分かるかい？」

ロズワルドはエドワードの圧力に額に汗《あせ》を掻きつつも、答えを思いつくことができない。

はあ、とエドワードは呆《あき》れたようにため息をついた後言う。

「今や本格的に『完全女王』に対抗《たいこう》しうる存在として期待を持たれてしまったあの娘《むすめ》が今怪我でもしてみなよ。短命ザル共だけでなく皆が、来年こそは二人の戦いが見たいと思うだろうね」

「そ、それは……」

「ふっ、まあいいさ。レースに出た上で結局勝てないのかと思わせられればそれでいい。もう一つの作戦の方は滞《とどこお》りなく行われるように頼むよ」

優雅《ゆうが》な笑みのままそう言ったエドワードに、ロズワルドは黙《だま》って頷《うなず》くしかなかった。

□□□

「ふう」

三周を走り終えたイリスは、コースから引き上げた。

どのタイムも一周目と殆《ほとん》ど変わらず、他のレーサーを大きく突き放すタイムだった。予選突破は間違いないだろう。

と言っても、自分が走る前に出ていたベストタイムにはどれも僅かに及ばなかったが。

「あっ」

選手控室《ひかえしつ》の扉《とびら》の前のベンチに、そのベストタイムを出した相手が座《すわ》っていた。

『完全女王』エリザベス・ハイエルフは会場の盛り上がりなどどこ吹く風と、メガネをかけて静かに本を読んでいた。

さすがは七連覇しているだけあって落ち着いているなと思う。自分など未《いま》だに予選を走った興奮の余韻《よいん》が残っているのだが。

そんなことを思いつつ前を通り過ぎようとした時。

「……変わった走りをしますね」

ボソリと独り言のような口調でそんなことを言った。

「え？　ああ、アタシの走り見てたのね」

「はい。最初の一周だけですが。定石に無い見たこともない走りでした」

「そ、そう」

なんというか、今まで遠くに感じていた最強のレーサーにそんなことを直接言われると、不思議な気分になってしまう。ただ自分と『ディアエーデルワイス』の走りが女王を驚《おどろ》かせたというならそれは単純に嬉しかった。

「予選ではアンタのタイム抜《ぬ》けなかったけど本戦では負けないわ。お互《たが》いいい勝負をしましょう」

イリスがそう言うと。

「いえ、それは無理だと思いますよ」

エリザベスは本から顔も上げずにそう言った。

「……はい？　無理？」

「はい。どうせ勝つのは私なので。私は恵まれ過ぎてますから」

「……」

「アナタの走りを見れば分かります。アナタはこの競技が好きで、きっとこの大会に強い思いを持って出ているんだと思います。でも、たぶん私が勝つと思います」

エリザベスの口調に嫌味《いやみ》やこちらを挑発《ちょうはつ》しようという感じは全くなかった。

ただ、当たり前の事実を当たり前に言っているという感じである。

「私はマジックボートレースが好きなわけではありません。才能があるから乗れと言われて、王族たるもの一番になれと言われたから一番になっただけです。ですが、どう考えても私にはアナタより有利な要素が多すぎるので、いい勝負をするのも難しいんじゃないでしょうか」

「……」

イリスは開いた口が塞がらないといった様子でエリザベスを見る。

「人はこんな短時間で人をイラつかせることができるものなのか？」と逆に唖然としてしまったのである。

（……いや、考えてみればこの女はあのミゼットの妹だったわ）

どうやらハイエルフ家というのは魔力量だけでなく、口を開けば人をイラつかせる才能も持っている血筋のようだ。

イリスはズンズンとエリザベスの前に歩いていく。

そして、エリザベスの読んでいる本を取り上げてベンチに置いた。

「？」

本を取り上げられたエリザベスは、自分の目の前で仁王《におう》立ちするイリスの方を見て首をかしげる。

「聞きなさいこの失礼女王、アタシはアンタのこと嫌《きら》いだわ」

「……そうですか嫌われましたか。よく皆から「お前は口を開くと無自覚に敵を作るからあまり人前で話すな」と言われます」

「ええ、嫌いね。その余裕ぶった態度も、アタシよりも才能あることも、アタシがずっと憧れても届かなかったものに何度もなっていることも、それなのにこの競技が好きじゃないことも」

ただ……と前置きしてイリスは言う。

「アンタの走りは好きよ。綺麗《きれい》だし、才能はあってもそれだけじゃなくて、アタシと同じでレースに全てを捧《ささ》げて磨《みが》いてきたのが伝わってくるから」

「……まあ、他に興味があることもありませんので」

そう。走りを見れば分かる。この失礼女王は競技が好きではないと言いつつ……実際そうなのだろうが、とはいえ自分と同じで生活の全てをレースに捧げている。

だからこそ、イリスは観客として何年も見てきたエリザベスの走りが好きで同時に羨《うらや》ましかった。

自分にはできない超王道《ちょうおうどう》の洗練された走法。

もし戦えるなら……と何度考えたか分からない。

だから。

「アンタに興味がなかろうと、アタシはアンタと決勝で走るのを勝手に楽しみにするわ。

そして勝つ。絶対に。そんときはその無表情崩して吠《ほ》え面《づら》かきなさい」

そう言い残してイリスは控室の中に入っていくのだった。

控室の中に入るとミゼットが待っていた。

「おおイリスちゃん。ええ走りやったで」

「ミゼット……明日の本戦だけど」

「おう?」

「ぜっっっったい、勝つわ!!」

「お、おう。気合入っとるのはええが、なんで怒《おこ》っとるんや?」

□□□

「……」

残されたエリザベスはしばらく目をパチパチとさせて固まっていたが。

「変わった人ですね」

などと中々に自分のことを棚《たな》に上げたことを言う。

そして先程《さきほど》取り上げられて横に置かれた本を手にとって再び読み始める。

「……でも、やっぱり無理だと思いますよ。私の有利というのはレースの実力以前の問題もありますから」

エリザベスは一人そう呟いたのだった。

過去編　ミゼット・エルドワーフ　4

さて、いよいよ本戦の日になった。

エルフォニア最大級のレース場である『ゴールドロード』には、多くの国民が詰めかけ会場のキャパシティは満杯《まんぱい》。立ち見の客もひしめいている状態だった。

ミゼットはそんな中、観客席最前列の一つ前にいた。

コレは参加チームのために設置された場所で、ここから全体の様子を眺《なが》めて念波で会話する魔法を使うことで選手に指示を送るのである。

「あーあー、テステス。聞こえるかー愛《いと》しのイリスちゃん」

ミゼットは通信機に向かって話しかける。

そんなミゼットを他のチームのスタッフは不審《ふしん》な目で見る。本来は念波通信のため、声など出す必要は無いからである。

『聞こえてるわよ。相変わらず調子のいいこと言ってるわね』

念波通信用の神性魔法『ホーリー・チャンネル』はやり取りをする人間がお互いに使用

することで効果を発揮する魔法である。

しかし、魔力量第六等級のイリスには通信に割《さ》くための魔力の余裕が無い。よって、ミゼットの発明した通信装置でこうしてやり取りをする必要があるわけだ。

『どうせ、色んな女の子に言ってるんでしょ』

「ははは、いやいや。イリスちゃんだけやって」

『見え見えの嘘《うそ》つくわね』

「……嘘やないで」

『え?』

ミゼットは真剣《しんけん》なトーンで言う。

「イリスちゃんと会ってから、他の女の子とは遊ばんくなったわ。だからホントにイリスちゃんだけやで」

『……』

マイクの向こうで沈黙《ちんもく》するイリス。

「この後いいホテルレストラン予約してあるねん。レース終わったら一緒にどうや?」

『……分かった、行くわよ』

「そうか。じゃあ無理しすぎんように、でも悔《く》いはないように頑張《がんば》ってな。愛してるでイリスちゃん」

そう言ってミゼットは一度通信を切る。スタート前まではレーサーに集中してもらうため、一度通信を切るのは定石である。

ミゼットは。

「……ふう。初めて女の子誘《さそ》うのに緊張《きんちょう》したかもしれんなあ」

そう言って一度、椅子《いす》に座り込んだのだった。

□□□

「……あのバカ、レースの前になに約束取り付けようとしてんのよ」

イリスは大いに呆れつつも、あの男らしい自由っぷりだと思いため息をついた。

いやまあ、あまりにも呆れすぎて緊張は少しほぐれたので、もしかするとそれが狙《ねら》いだったのかもしれないが。

「アタシだけ……か」

イリスはミゼットの言葉を思い出した。

あの軽薄《けいはく》男の言葉を簡単に信じるほどお人好《ひとよ》しではないつもりのイリスである。

だが、確かにここ数ヶ月はいつも自分のレースや練習に付き合っており、他の女と遊ぶ時間は考えてみればなかったなと思い出す。

「……はあ、アタシもなに少し嬉しくなってるんだか」

今度は自分に呆れるイリス。

それで元気が湧《わ》いてくるのだから、なんとも乙女《おとめ》だなと自嘲《じちょう》するしかない。

「とりあえず、レストランでは一番高いものの注文してやるわ」

「各選手。ピットまで移動してください」

係員のその言葉とともに、イリスを含《ふく》む予選を勝ち上がった十人のレーサーが移動を開始する。

その中には、昨日宣戦布告をした『完全女王』エリザベス・ハイエルフもいた。

エリザベスと目が合う。

「昨日言ったとおり、アタシはアンタに勝つわよ」

イリスはエリザベスにガンを飛ばしつつそう言った。

「……そう。どの道私のやることは変わりません。一番速く効率よく走るだけですから」

エリザベスはフラットな表情と声でそう答えた。

イリスは「この女吠え面かかせてやる」という闘争心《とうそうしん》をさらに燃やしつつ、自分のボートが乗っている台を引きながらピットに向かった。

ピットに着くと愛機である『ディアエーデルワイス』を台から下ろして水面に浮《う》かべる。

そして再度のボディチェック。

通信機についてはすでに昨日のうちに、持ち主の魔力にエンチャントをかけたりするような道具ではないと確認《かくにん》してあるが、改めて説明し係員に手にとって確認させる。

確認が済んで許可が出た。

他の選手はすでにボートに乗り、スタートの時を待っている。

イリスも『ディアエーデルワイス』に飛び乗った。

全員が準備ができたのを係員が合図を出し、フラッグを持った審判《しんぱん》に告げる。

そして、審判がフラッグを振《ふ》り上げた。

それを合図にピットを飛び出していく各ボート。

しかし、イリスも含めてまだ全員ゆっくりとした走行である。

決勝戦は普段《ふだん》の大会と同じ加速スタート方式。スタート時間までにラインを越《こ》えていなければいくら加速した状態からスタートしてもいいのである。

よって、レーサーたちはピットからスタートラインまでの距離《きょり》と時間を上手《うま》く使い、スタート時に最速でラインを切ることを目指すのである。

この間にアナウンスが各出走者をアナウンスする。

『第一コース、1番。レアボート造船ギルド、操縦者エリザベス・ハイエルフ第二王女、機体名「クリアウィング」』

一番最初にアナウンスされたのは大会七連覇《れんぱ》、キャリア無敗の『完全女王』。

観客席から歓声《かんせい》が上がる。ここ数年の『エルフォニアグランプリ』の諦めムードを作った張本人ではあるが、少なくとも本人の人気は絶大である。

『エルフォニアグランプリ』の観客席は、貴族用の席と平民用の席で分かれている。そして声援《せいえん》は貴族用の席からだけでなく、平民用の席からも上がっている。

人は皆《みな》、強いものが好きだし完璧《かんぺき》なものが好きだ。自分などには手の届きようもない圧倒的《あっとうてき》な存在が好きなのだ。

最高の才能と最高の技術をもつ少女は、最新の最高品質の機体に乗り、今日も「当たり前のように」勝利する。

『続いて、第二コース、3番。エルフォニア金融《きんゆう》ボート部門、搭乗者《とうじょうしゃ》ブルース・ライオット。機体名「ライジングムーン」』

次の出走者をアナウンスするが、エリザベスの時に比べるといささか歓声は劣《おと》った。

その後に名前を呼ばれる他の出走者たちも似たような反応だった。

これが、今の『エルフォニアグランプリ』に漂《ただよ》っている空気である。誰《だれ》も誰かがエリザベスを破ることを期待していない。そんなことは無いと初めから諦めているのだ。

だが。

『続いて、第八コース。25番、シルヴィアワークス、操縦者イリス・エーデルワイス、機体名「ディアエーデルワイス」』

イリスの名前がアナウンスされた時。

ワアッ!!

と、観客たちから大きな歓声が巻き起こった。

「……びっくりしたわ」

当のイリスは驚いて観客席に目をやる。

特に大きな歓声を上げたのは、言わずもがな平民の人々が座る席からだった。

魔力血統において低い地位にいる人々が、熱い声援を送っている。

『魔力障害を持ちながら、唯一《ゆいいつ》『完全女王』に勝つ可能性を秘《ひ》めたイリスちゃんは、今や弱きの希望の星ってことやな』

通信機からミゼットの声が聞こえてくる。

「……そう」

イリスは自分に歓声が向けられているこの状況《じょうきょう》に、少しだけ現実感が無かった。

それもまあ、仕方のないことだと思う。

だって、自分はほんの少し前までは誰にも見向きされないような、マイナーレーサーだったのだから。

ただまあ。そういう期待をしてくれると言うなら。

イリスは操縦桿《そうじゅうかん》を握《にぎ》っていない方の手を平民の観客席の方に振る。

再び津波《つなみ》のような声援がイリスの体をうった。

「……ははは、気合はいっちゃうわね」

イリスは小さく笑いながらそう呟《つぶや》いた。

そして、いよいよスタート十秒前。

『スタートまで、10……9……8……』

アナウンスによるカウントが開始され、各ボートが勢いよく加速を始める。

『……7……6……5』

しかし、イリスはまだゆっくりと徐々《じょじょ》に速度を上げて行く。

『ディアエーデルワイス』の加速は不安定、スタートはどうしてもフライングを避《さ》けるためにギリギリを攻《せ》められない。

このスタートにも慣れてきたとはいえ、未だに少し焦《あせ》る気持ちもある。

だが。

『イリスちゃん。ディナーは海鮮《かいせん》のフルコースやで』

こんな時にも、いつもどおりのノリでそんなことを言う男のおかげで冷静でいられる。

『……3……2……1……スタート!!』

スタートの合図を聞いたと同時に、イリスは操縦桿に魔力を流し込む。

マジックボートレース最大の祭典。『エルフォニアグランプリ』本戦レースの火蓋《ひぶた》が切られた。

□□□

スタートと同時に先行したのはやはり『完全女王』だった。

コンマ一秒の遅れもない、最高速度での加速スタート。

乗っているレアボート造船ギルド製の機体『クリアウィング』は、ターン型の機体なのだが頭一つ抜けたその技量で、直線型のボートにすら先行する。

他のレーサーたちも超一流揃《ちょういちりゅうぞろ》いであるため、本来なら彼《かれ》らとて近いレベルのスタートを切れるだろう。

しかし、今は『エルフォニアグランプリ』の本戦。その一年の集大成のレースだ。この状況ではフライングをしたら十秒停止のペナルティが科されるという危険はあまりに大きすぎる。エリザベスのように100%成功できる技術を持っているか、よほどの無謀《むぼう》でない限りは無理だろう。

そして、彼らは一流であるがゆえにリスク管理にも敏感《びんかん》だった。そのため、どうしても普段より余裕《よゆう》を持ってのスタートになってしまう。

ホームストレートを二位よりも半艇身以上リードして進むエリザベス。

すでにここ七年見てきた勝ちパターンに入った。

このまま、ミスのない最高効率の走りで一度も差を縮めさせずに走り切るのである。

それはもう、エリザベスが決してミスをしないという、生き物が操縦しているとは思えない前提にたてば決まりきった未来だった。

機体の性能に大差がない以上は物理的に追いつけないのだ。

……普通《ふつう》の機体では。

後方から、ギュオオオオ!!　という本来の龍脈《りゅうみゃく》式加速装置ではありえない濁《にご》った噴出《ふんしゅつ》音が聞こえる。

観客たちが歓声を上げる。

「来たわ!!」

「そうだ!! あれが見たかった!!」

「はええ!! やっぱり常識はずれだぜ!!」

最後尾《さいこうび》から猛追《もうつい》するのはイリスと『ディアエーデルワイス』。

常識を捨て去った六つの魔石式加速装置による、馬鹿《ばか》げた加速力がマジックボート界の常識と諦めを押《お》しつぶしながら、『完全女王』との差を詰《つ》めていく。

その凄まじい暴れ馬に乗るイリスの走行姿勢は、驚くことに非常に安定感があった。

高くて安定しない出力と直線型を突《つ》き詰めたような軽量なボートが生み出す揺《ゆ》れを、たゆまぬトレーニングによって鍛《きた》えた筋力で見事に抑《おさ》え込んでいる。

生み出されたパワーは少ないロスでボートを前進させ、先行するボートたちを抜き去っていく。

それはまるで「諦めているお前たちに用はない」と、語っているような走りであった。

目指すべき目標は唯一。

ホームストレートも終わりが近づいた頃《ころ》、とうとうイリスはその目標の後方２ｍまで迫った。

「待たせたわね。さあ、勝負をしましょう」

イリスは前方を走るエリザベスにそう言った。

しかし、当のエリザベスは。

「……まだ、勝負にはならないと思いますよ？」

振り返ることもせず平然とそう言って、ターンポイントに突っ込んでいく。

「くっ‼」

一方イリスはターンを曲がり切るための減速を開始した。

もちろん、予選と同じくコレまでよりもかなり減速のタイミングは遅かったが、それでもエリザベスとは比べるべくもない。

減速しながらイリスは前方を見る。

エリザベスはまだ速度を落とさない。

まだ、落とさない。

まだ。

まだ。

（……まだ、落とさないの⁉）

普通のレーサーだったら、とっくに曲がり切ることが不可能な段階に来ている。

そしてターンポイントに設置されたコーンにボートの先端《せんたん》が重なった瞬間《しゅんかん》。

エリザベスは一気に減速し、体をターンする方向に曲げた。

美しいまでの走行姿勢のまま、全くボートの暴れに逆らうことなく柔軟《じゅうなん》に遠心力を殺して小さく旋回《せんかい》していく。

「……くっ!!」

一方イリスは必死でボートを傾《かたむ》けながら、外に吹《ふ》っ飛ぶように大きく膨《ふく》らんでいく。

残念ながら『ディアエーデルワイス』はこういう曲がり方しかできない。いや、本来はこういう曲がり方すらできないのだが、イリスの力と技量によってなんとかその難業を成《な》し遂《と》げていると言ってもいい。

そして、二人が曲がり終わった後の差は一目瞭然《いちもくりょうぜん》だった。

片や大幅《おおはば》に減速しながら大きく外に膨らんだイリス、片や最小限の減速で最小限の膨らみで曲がり切ったエリザベス。

その差は、再びスタート直後と同じくらいに開いていた。

「……凄《すご》い」

イリスにとっては観客として何度も見てきた『完全女王』の走りであるが、こうして目の前で見るとその圧倒的さが分かる。

「でも!!　上等よ!!」

イリスは再び直線の加速姿勢を取る。

やはり直線ではイリスに分がある。

みるみるエリザベスに迫《せま》っていくが……。

(くっ、今度はカーブ!!)

イリスは仕方なく減速する。

連続の急カーブである。『ディアエーデルワイス』が最高速で突っ込んだら、さすがに制御《せいぎょ》しきれない。

一方エリザベスはほとんど最高速で突っ込む。

そして巧《たく》みに減速と加速を駆使《くし》して、まるで直線を走るかの如き速度でカーブを駆《か》け抜けてしまう。

そして、カーブを走り終わった時には、再びその差は最初と同じ。

いや、僅かだが開いているくらいだった。

「……そう。結局何も変わりません」

完全なる水上の女王は、孤高《ここう》の先頭で一人そう呟いた。

□□□

「……エリーのやつは相変わらずやな」

妹の愛称《あいしょう》をミゼットは呆れた様子で呟く。

会場からため息が漏《も》れていた。

それは改めて突きつけられた現実に対してのものだ。

彗星《すいせい》のごとく現れた挑戦者《ちょうせんしゃ》、イリス・エーデルワイスは速い。

『ディアエーデルワイス』という異常な機体を乗りこなしここまで女王の走りについてこられるのはたぶん彼女《かのじょ》だけだろう。

他の参加者をすでに引き離《はな》し始めていることからそれは間違《まちが》いない。

だがやはり、単純にエリザベスのほうが少しだけ速いのだ。

実際に予選のタイムは一つとして、エリザベスに勝っていない。誰よりも迫ったが超えてはいないのである。

そして、この女王はミスをしない。

それが現実。

悲しいまでの現実だった。

この後もほんの少しずつだが差は開いていくだろう。

よって、どれだけ迫ろうが結局追いつけないのだからエリザベスにとっては、後方で大きく遅《おく》れを取っている者たちと同じ。ただ、彼女は前だけ見て自分の完璧な走りをすればいいだけだ。

まさしくそれはエリザベスが言ったように「結局勝負にはなっていない」ということである。

現実は残酷《ざんこく》で、どこまでも当たり前であった。

（……せやけど、可能性はあるで）

ミゼットはそれでも勝算はあると思っている。

勝ち筋は一つ。

それはこのまま粘《ねば》ってエリザベスについていき、ミスを誘うことである。

『完全女王』はミスをしない。それは当然のことであると、皆が思っている。

しかし、ミゼットはそういう常識をそうやすやすと信じ込むほど、人のいい性格をしていない。

（そもそも、エリザベスには今まで自分の走りについてこれるやつがおらんかった）

『完全女王』の完全性は、そもそも敵すら意識する必要がなかったという部分もあるだろうとミゼットは考えているのだ。

イリスは僅《わず》かに巡航《じゅんこう》速度で遅れているが、それでも直線の度に後ろに張り付くまで追い上げる事はできる。

『エルフォニアグランプリ』本戦は十五周勝負。その間に何かしらのミスが起きればそこから突き崩《くず》せる可能性は十分にあった。

問題は……。

(イリスちゃんの集中がもつかどうかやな……)

『ディアエーデルワイス』に乗っているせいで分かりにくいが、実はイリスもかなり操縦ミスは少ないレーサーである。本来なら最後までミスをせずに十五周回るのも不可能ではないが。

(こうなると不安との戦いやな。プレッシャーに飲まれて焦ったら負けや)

「イリスちゃん、先行は許しとるがええ感じやで」

ミゼットは通信機で前向きな言葉を投げかける。

それに対してのイリスの返事は。

『でも、このままだと勝てない。良くて相手のミス待ち……そうでしょ?』

「それはそうやが」

『アタシはどうしても今年勝たなくちゃならないわ』

「イリスちゃん、それは……」

そう。イリスには今年優勝しなければ『ディアエーデルワイス』の要である魔石式加速装置に規制をかけられてしまうという現実がある。

優勝機体に規制をかけるのはさすがに有力貴族たちも難しいだろうが「危険な機体を使っても結局勝てなかったのだから」という名目があれば、奴《やつ》らなら強引《ごういん》にでも規制を通してくるだろう。

「……あまり、意識しすぎるのは良くないで。無理はせずじっくり様子を窺《うかが》って」

『大丈夫《だいじょうぶ》よミゼット』

通信機から聞こえてきた声は、焦っているとか強がっているとかそういうものとは程遠《ほどとお》く。

『大丈夫……見てなさい。アンタの作った機体であのすかした天才に泡吹《あわふ》かせてやるわよ』

どこまでも強い熱意に満ちたものだった。

□□□

レースはすでに七周目。

トップは依然《いぜん》変わらずエリザベスが走っていた。

二位のイリスとの差はボート二つ分といったところである。最初よりも開いてきたが、それでもよく粘っていると言っていいだろう。

しかし。

（私はただ、一番速く効率よく走る。それだけ）

トップを走っているエリザベス本人は、後ろに誰が来ているかなど気にしていなかった。というかそもそもエリザベスはレース中に後ろを振り返って後続を確認したことが一度もない。

エリザベス・ハイエルフは生来、主体性というか熱意のようなものが薄《うす》かった。

だが運のいいことに、どうやら自分は高貴な家に生まれて、様々な才能に恵《めぐ》まれ、特に努力をするのを苦にしない性分《しょうぶん》だったようである。

そんな自分の一番の才能は、国民的競技であるマジックボートレースにあるようだった。

初めて乗ると本来はまともに方向転換《てんかん》すらできず振り落とされるのがレーシングボートである。

しかしエリザベスは、初めて乗ったその日のうちに練習用のコースをマイナーレーサーの平均タイムを超える速さで走りきったのだ。

周囲の貴族たちがざわついたのをよく覚えている。あの時に、エリザベスの将来は決まったのだ。

「エリザベス。アナタ、マジックボートをやりなさい」

そう言ったのは自分を生んだ第三王妃《おうひ》だった。

特にやりたいことがなかったエリザベスは、無論母の指示に従った。

そういうわけで、ハイエルフ家の用意した最高の専用コース、最高の指導者、最高の機体という最高の環境《かんきょう》の中で、エリザベスはその最高の才能を開花させることになる。

その後は言わずもがな。

初出場した十一歳《さい》の時から今日まで七連覇、たった一度の敗北もなくエリザベスは水上の女王に君臨した。

そして、今もエリザベスはたった一人、先頭を走っている。

（……熱意はない。さして興味もない。ただ才能があって、やれと言われたから徹底的《てっていてき》に努力した。それだけ）

八周目に突入《とつにゅう》。

最初のターンを教科書どおりの理想的な動きで曲がり切る。

当然ミスなど無い。

その時。

「だああああああああああああああああああああ!!」

後方から叫《さけ》び声《ごえ》が聞こえてきた。

あの変わった魔力《まりょく》障害のレーサーの声である。

だがエリザベスは振り返らない。

(それでどうせ誰も付いてこれないのだから)

「たあああああ!!」

再びターン時に咆哮《ほうこう》。

だが、これもいずれ聞こえなくなる。

今までもそうだった。

皆最初は、自分を倒《たお》そうと気合を入れて勝負を挑《いど》んでくるのだ。

だが、そのうち全員大人しくなる。

単純に自分のほうが才能があって、自分のほうが恵まれていて、そして自分は失敗をしないから。

いつもそうだ。

気がつけば追いすがる足音と勇ましい声はいつしか消え去りエリザベスは再び孤高の先頭で、一人駆けている。

だから。

「はああああああああああああ!!」

また。こうしてターンすると聞こえてくる声も。

「ああああああああああああああああああああああああああああああ!!」

いずれ消えていき、また一人で。

「おお!!」

「……!!」

コースを半分ほど進んだところで、エリザベスはあることに気がついた。

(声が聞こえてくる距離が……ほんの少しだけど、近くなっている?)

それはほとんど無意識のことだった。

エリザベスは加速姿勢を少しだけ緩《ゆる》め。

人生で初めて、レース中に後方を振り返ったのだ。

「ぐっ……ぎぎぎ、があ!!」

そこには凄い勢いで体を傾けながら先程自分が曲がったターンを「バカみたいに大回りする」イリスの姿があった。

ターンにおいて旋回半径は小さいほどいい。

マジックボートレースの常識である。

小さく回るほど実質的な走行距離は短くなるのだから当然といえば当然である。

もちろん、小回りを意識しすぎて速度を落としすぎるのは悪手だが、速度を落としすぎない範囲《はんい》でいかに小さく回れるか。というのが、レーサーの腕《うで》の見せ所というやつである。

イリスの走りはその定石を明らかに無視したメチャクチャなものである。

原理は分かる。

これは『ディアエーデルワイス』という速度調整が苦手すぎる機体の特性を最大限に活《い》かすための荒療治《あらりようじ》だ。

それまでのイリスは定石通り、なるべく小さく旋回しようとしていたがそのためにかなり手前で減速をしておかなくてはならない。段々と減速のタイミングは遅《おそ》くなってきていたのだが、それでも普通の直線型ボートよりもはるか手前での減速である。

よって、その間に差をつけられてしまうという弱さがあった。

なのでイリスはこのタイミングで、せっかく身になった技術をあえて捨てたのだ。

すなわち、もう綺麗《きれい》に曲がるのとかいいから吹っ飛ばない限界ギリギリまで加速してしまえ……と。

それが上手くハマった。

『ディアエーデルワイス』は水しぶきを巻き上げながら、コースの壁《かべ》に激突《げきとつ》するスレスレまで膨らみながらもなんとか曲がり切り、そして大外から物凄《ものすご》い速度で斜《なな》めの角度から追い上げてくる。

そして、連続ターンポイントを回り次ターンポイントにいくまでの速さは……僅かだが、確実に自分を超えている。

それは普通に見たら暴挙である。

培《つちか》ってきた安全に曲がれる技術をあえてこの本番で捨てて、凄《すさ》まじく危険度の高い曲がり方を敢行《かんこう》するなど正気の沙汰《さた》ではない。

確かにこのまま走ってもチャンスが無いというのは理屈《りくつ》では分かるが。

「……はあ、はあ」

見ての通りこの連続ターンだけで全身に汗《あせ》をかき、息も上がっている。

当然だろう、凄まじい勢いで横滑《よこすべ》りする機体を力技で抑え込み続けるのだから。普通のターンとは疲労《ひろう》が比較《ひかく》にならない。

その時。

「……しまった」

イリスの走りに意識を持っていかれていたせいだろう。

エリザベスは次のターンに入る時の減速のタイミングを、少しだけ速くしてしまった。

『完全女王』のキャリア初めてのミス。

いや。ミスと言ってもほんの僅かなものであり、目が肥えているものでもなければミスしたかどうかも分からないものだった。

だがしかし。後方に迫っていた狂気《きょうき》の挑戦者にとっては、あまりにも十分な隙《すき》だった。

「はああああああああああああああああああああああ!!」

勢いよくターンポイントに突っ込み、大きく膨らみながら挑戦者は再び雄叫《おたけ》びとともにボートを抑え込む。

見事に、今度は壁を掠《かす》めるくらいギリギリで曲がり切り、再び直線で加速。

そして……ついに。

「……どうして、どうしてアナタは」

エリザベスが驚愕《きょうがく》と共にそう呟く。

観客たちから歓声が上がった。

「すげえ!!」

「こんなことって起きるのかよ」

「本当に『完全女王』に並んじまったぞ!!」

そう、それは観客たちにとってここ八年で初めての光景だった。

『完全女王』に他の機体が並走している。

しかも、それが魔力障害の少女なのだ。

コレで盛り上がらなければ観客は全員不感症《ふかんしょう》かなにかだろう。特に平民たちの座《すわ》る一帯からは会場を割らんばかりの大声援《だいせいえん》が上がった。

そして少女は。

「……はあ、はあ」

息を切らしながらも。

「ようやくこっち見たわね、失礼女王」

髪《かみ》は赤黒くくすんだ色で、手には差別を象徴《しょうちょう》する黒いミサンガ。

しかしその瞳《ひとみ》の奥《おく》にはどこまでも闘争心を燃やしながら。

「さあ!! 言ったとおり、アンタと勝負させてもらうわよ!!」

力いっぱい叫ぶように、そう宣言したのだった。

□□□

体が軋《きし》む、全身の筋肉が悲鳴を上げる。
一度のターンだけでも息が上がり、重い疲労が全身を襲《おそ》う。
それでも心の奥から湧き上がってくるのは、燃え上がるような闘志《とうし》だった。
当然だろうそんなことは。
「ああああああああああああああああああああああ!!」
叫ぶ、力の限り。
叫びながら舵《かじ》をきって豪快《ごうかい》に曲がる。
だって今、イリスはこの場にいるのだ。
憧《あこが》れて夢見て、無理だと言われようとも手を伸《の》ばした最高の舞台《ぶたい》に。
体が痛い？　一つ間違えればコースアウト？
そんな些末《さまつ》なことはどうでもいい。
今はただ、とにかく速く強く、この戦いに集中するのだ。

連続ターンが終了《しゅうりょう》する。

この時点でイリスは完全にエリザベスに並んだ。

ターンエリアに入った時にはエリザベスのほうがリードしていた。つまり、このターンエリアにおいて、イリスはエリザベスのタイムを僅かにだが上回ったのである。

そのことを理解した観客の平民たちは、歓喜《かんき》の拍手《はくしゅ》を送る。

しかし。

今から入るのは連続のカーブエリア。

当然だがイリスの強引な曲がりはコースの横幅《よこはば》が広いターンにおいて有効なものでありカーブに関してはあんなスピードで突っ込んだら曲がりきれない。

となれば、高い安定性を誇《ほこ》るエリザベスと『クリアウィング』の独壇場《どくだんじょう》だった。

エリザベスはコレまでと同じく、ほとんど最高速に近い速度でカーブに飛び込むと、そのまま芸術的なまでの効率的なコース取りで走っていく。

「……くっ‼」

イリスも高い技術で的確にコース取りしてついていこうとするが、『ディアエーデルワイス』は悲しいほどに直線特化。繊細《せんさい》な速度調節や安定した重心などとは無縁《むえん》の代物《しろもの》である。

よって、どれだけギリギリをせめてもエリザベスに速度で劣る。

そしてコーナーエリアを抜《ぬ》けた時には、再びエリザベスとの差は大きく広がっていた。

観客はため息をつく。

やはり女王は強い。圧倒的に安定していて、圧倒的に上手いのだ。

コーナーでは勝負にすらなっていない。

しかし。

「まだまだぁ!!」

次は直線。

イリスは身を低くして走行姿勢をキープ。すでにそれだけでも体が悲鳴を上げるほどの疲労だが、知ったことではない。

グングンと追い上げていくイリス。

だが、この直線では追いつかず。

しかし。

次はターンだ。

「はあああああああああああああああああ!!」

曲がる。

体を軋ませ、体力を大量に消費して。

そして再びエリザベスに並んだ。

再び会場から割れるような歓声と拍手。

コレは立派なデッドヒートだ。これまで七年、エリザベスの登場から見ることができなかったトップ争いが今、繰《く》り広《ひろ》げられているのだ。

もはや、走行タイムは完全に同等。

直線ではイリスが有利、カーブではエリザベスが圧倒的に有利、ターンではややイリス、しかし消耗《しょうもう》は激しい。

もはや勝負はどちらに転ぶか分からない。

それからも二人は抜いて抜かれての戦いを繰り返した。

エリザベスが美しい走法でコーナーを走り抜ける。

イリスが豪快な走りでターンをねじ伏《ふ》せる。

互《たが》いに譲《ゆず》らす、その速さはお互いを引き上げるように上がっていく。

「……おい、見ろよあれ」

観客たちは掲示板《けいじばん》に記されたラップタイムを見る。

エリザベス・ハイエルフ　０４：００：４

イリス・エーデルワイス　04：00：4。

つまり、今目の前で繰り広げられているのは、紛れもなく歴代最速の戦いということである。

双方《そうほう》同タイムにして、コースレコードを更新《こうしん》していた。

そしてこの状況に驚愕しているのは、観客だけではない。

気がつけば観客たちは声援《せいえん》を送るのも忘れて、固唾《かたず》を呑んで二人の戦いを見守っていた。

「どうして……」

並走するエリザベスはこちらの方を見ながら言う。

「どうして、アナタは諦《あきら》めないの？」

他のレーサーたちのように、観客たちのように。

普通は諦めるのになぜ諦めないのか？　この天才はそう言いたいのだろう。

「……当たり前よ」

イリスは息を切らしながら言う。

「アンタが最強で完璧《かんぺき》なくらいで諦めるなら、八年前に諦めてるわ」

元々夢を持っていた。

だが、障害に魔力を奪《うば》われ、家族を失い、大好きだったボートで人並みに駆ける権利を失った。
普通ならそこで諦めるだろう。
でもなぜか、思ってしまったのだ。
この夢だけは捨てたくないと。
他の何も無くていい。だけど、この夢だけは。
そうして無謀な挑戦《ちょうせん》を続けてきた。
希望の無い苦しみに何度も何度も自分から身をさらし。それでも何も得られずに。
なぜ自分はこんなことをしているのかと、何度考えたか分からない。
それでも。
それでも、それでも、それでもと。
気がつけば、絶対にまたボートに乗っていたのだ。
そして今。
愚か極《きわ》まりない少女の執念《しゅうねん》が、女王の喉元《のどもと》を捉《とら》えている。
「超《こ》えるわ」
しかし、イリスは尽《つ》きぬ闘志と共に言う。
「あと七周。このレース中にもう一度速くなって、アタシはアンタを超える!!」

「……」

そんなイリスの言葉に、エリザベスは操縦は正確に行いつつも、しばらく呆然《ぼうぜん》としていた。

そして。少しだけ、無表情が小さく笑った。

「ホントに、変わった人ですね……」

そして。

「だからこそ……残念です」

そんなことを言った。

□□□

『ああ、私だ』

観客席にいるロズワルド大公は『ホーリー・チャンネル』で部下に連絡《れんらく》を取る。

『それでは手はず通りに……なに？　渋《しぶ》るようなら資金提供でも技術提供でもなんでもくれてやれ。そして、これは伝統を愛する貴族の総意であると伝えろ。どうせ今年は優勝はおろか上位入賞すらできないだろう。まともな損得を計算する脳があれば、ここで意地を張るよりも来年以降に我々の支援《しえん》を受けて戦ったほうが得だと分かるだろう。断るようなら覚えておけと脅《おど》すのも忘れずにな』

そう。今年さえ優勝しなければなんとでもなる。

『魔力血統主義』はこの国の秩序《ちつじょ》であり、神が定めた絶対の法則なのである。

神と初代国王に選ばれた貴族としてそれを守るのは使命なのだと、ロズワルド大公は自分の中で反芻《はんすう》する。

たとえ、あの魔力障害の小娘《こむすめ》の優勝の妨害《ぼうがい》に成功すれば鉱山の所有権を保証する約束が無いとしても、自分はこの使命をやり遂げただろう。

そんな風に自らに言い聞かせるのだった。

□□□

「……ん？」

その違和感《いわかん》を感じ取ったのは、会場でもミゼットだけだろう。

白熱するエリザベスとイリスのトップ争い。

そこから大分遅れたところにいる最下位集団のペースが落ちたのだ。

それ自体は珍《めずら》しいことでもない。すでにここからトップ争いに食い込むのは不可能である。手を抜くまでとはいかないが、安全に走行しつつも様子を見て集団から飛び出し、最終的な順位を少し上げようとするというのは定石である。

ミゼットが感じ取ったのはレース展開の違和感ではなく、高レベルの戦闘者《せんとう》としての嗅《きゆう》覚《かく》が感じ取った敵意のようなものである。

「……いや、まさかアイツら」

ミゼットの顔が険しくなった。

再びトップ争いをするイリスに目をやる。

と言っても、そこまで視点を動かす必要は無かった。すでに最下位集団とかなり近くまで接近しているのだ。

実力差はあれど参加者全員が一流レーサーの『エルフォニアグランプリ』では珍しい周回遅れである。

ミゼットは急いで通信機に向かって言う。

「イリスちゃん!!　前にいる集団を避けて走るんや!!」

□□□

『イリスちゃん‼　前にいる集団を避けて走るんや‼』

イリスの耳に通信機から入ってきたミゼットの言葉が響《ひび》く。

（……前の集団？）

しかし、気づくのが少しだけ遅かった。

今まさにその周回遅れになった最下位集団に追いついたところだからだ。

そして。

カーブを抜けたばかりでリードしていたエリザベスが彼《かれ》らを追い抜いた直後にそれは起こった。

散り散りに走っていた最下位集団が、まるでイリスの進行を阻《はば》むかのように互いのボートの間を詰《つ》めてきたのだ。

「‼」

イリスは素早《すばや》く反応したが遅かった。『ディアエーデルワイス』は急な減速ができない。

ガン‼　ガン‼

と二回に渡《わた》り激突音が響く。

「……くっ‼」

凄まじい衝撃《しょうげき》に大きくボートが傾いたが、イリスは絶妙《ぜつみょう》なタイミングで左側に体重を移すことで転覆《てんぷく》を免《まぬが》れる。

しかし、代償《だいしょう》は大きかった。

この間にエリザベスのボートはかなり先まで行ってしまっていたのである。

こうして、二人のデッドヒートは終焉《しゅうえん》を迎《むか》えた。

それは思わぬアクシデントであった。

確かに周回を遅れたレーサーを抜く際に、接触《せっしょく》してしまうことは珍しくはない。

それを避けるのだって技術の一つだ。

それにしても運悪くこんなところで。

観客たちはあまりの理不尽《りふじん》に言葉が出ない。

だが、イリスは全く別のことを思っていた。

(今の動き……わざと……!!)

おそらく分かるのはよほどの目利《めき》きか、実際にこうして走ってるレーサーだけだろうが、確かに意図的な動きでイリスを遮《さえぎ》ってきたのだ。

「なんで……」

『有力貴族の連中や。たぶん、勝てなそうな連中に資金援助《えんじょ》あたりを餌《えさ》に、イリスちゃんを妨害させたんや。すまん、ワイが早く気づいていれば……』

イリスはミゼットからの通信を聞いて愕然《がくぜん》とする。

なんだそれは。

自分の周りを走っているレーサーたちを見る。

どうして彼らはこの最高の舞台でそんな真似《まね》ができるというのだろう？

だが、そんなことを言っても始まらない。

イリスは再び加速して、エリザベスを追いかけようとするが……。

（……速度が、出ない⁉）

最高速度を出しているはずなのに、全く本来の『ディアエーデルワイス』の速度が出せていなかった。

イリスはとっさに、自分の機体の加速装置を確認《かくにん》する。

二箇所《かしょ》。左右の一番前の加速装置にヒビが入っていた。

最悪の状態だった。

いや、最悪は免れたのかもしれない。左右同時に壊《こわ》れてくれたのは奇跡的《きせきてき》な状況《じょうきょう》ではあるともいえる。これが左右どちらかのみが故障したのであれば、さすがのイリスもバランスを保ちきれず転覆している。

しかし、コレでは最高速度が出せないのは間違いなかった。

最悪ではないが、絶望的な状況だった。

□□□

「待ってろ、イリスちゃん。今下に降りる。この周が終わったらピットインや!! すぐに修理したる」

ミゼットはそう通信機に向かって言うと、急いで観客席からピットの方へ降りていく。

「クソ、いったいどこの貴族や!! これを仕組んだのは!!」

このレースが終わったら必ず見つけて後悔《こうかい》をさせてやる。

覚悟《かくご》しておけよ、と思いながらミゼットは階段を駆《か》け下りる。

□□□

『待ってろ、イリスちゃん。今下に降りる。この周が終わったらピットインや!! すぐに修理したる』

そんな声が通信機から聞こえてきた。

しかし、現実的にそれは厳しいと言わざるを得ない。

なにせすでにレースは終盤《しゅうばん》。残るはたった四周である。

今ピットに入って修理をしてもそこからエリザベスに追いつくのは至難の業だろう。

それでも、速度が出ないまま走ったところで勝てるわけもないのだから、一刻も早くピットインしなくてはならない。

しかし、間の悪いことに接触する少し前にピットを過ぎたばかりであり、ほとんど一周分距離《きょり》が残っていた。少なくとも、その間はこの状態で走らなくてはならない。

それでも諦めずになんとか先を急ごうとするイリスだったが。

「……くっ、こんなことに技術使うんじゃないわよッ」

最下位集団はレースの流れに紛《まぎ》れながら、絶妙に意図していないように見せかけてイリスが最下位集団から飛び出すコースを塞《ふさ》いでいた。

機体が完全なら直線の速さを生かして大きく膨《ふく》らんで躱《かわ》すことも可能なのだが、いかんせん今は速度が出ない。

（……どうする？）

イリスはなんとか最下位集団の囲いを突破《とっぱ》しようと、動きながらも他の可能性を探《さぐ》っていた。

とにかく諦めないのが自分の戦い方だ。

何か手はないか。

考えて考えて考えて考えた。

しかし。

そうしている間に、先頭のエリザベスとの距離は見る見る開いていく。

まだ差は４ｍほど。相手のミスがあればもしかしたら巻き返せるかもしれない距離だが、コレが10ｍ以上離《はな》されればもう逆転は不可能だろう。

「……くっ、ここまで来て、こんなことで」

意識の外に置いてあった現実が頭の中に忍《しの》び寄ってくる。

今年勝てなければ、来年から『ディアエーデルワイス』の魔石式加速装置に規制がかけられる。

この機体には乗れなくなるのだ。

そう、今年が最初で最後のチャンスなのだ。

なにか、なにか方法は……。

しかし、現実はやはりどこまでも残酷《ざんこく》だった。

「女王がもうあんなに先に」

「……ああ、結局無理だったか」

そんな観客たちの落胆《らくたん》の声が響く。

ようやくコースの四分の三を進んだイリスだったが、いつの間にかエリザベスの機体との差は絶望的なものになっていた。

その差……約３０ｍ。限界ギリギリと判断した差の三倍。ここから更《さら》にピットに入り加速装置を修理しなければならないのである。

しかも残るはたった三周しかない。

「……」

詰んでいる。

完全に詰んでいた。

イリスはレース中だったが、一度走行姿勢を崩《くず》し無言で天を仰《あお》いだ。

「……ああ」

イリスという少女は呪《のろ》われでもしているのだろうか？

何度破っても襲いかかってくる理不尽や不条理。

怒《いか》りや憎悪《ぞうお》や嘆《なげ》きが今、彼女《かのじょ》の中を渦巻《うずま》いているに違《ちが》いない。

が、しかし……。

「……うん」


再び前に向き直った表情はとても穏《おだ》やかで。

そんな自分の運命すら愛《いと》しいものだと受け入れたように優《やさ》しくて。

「うん……しょうがないわよね」

□□□

——嫌《いや》な予感がした。

と、後にミゼットはその時のことを語っている。

ピットでイリスの到着《とうちゃく》を待っていたミゼットに通信が入る。

『ミゼット……』

「イリスちゃんか!!　こっちは準備できとる到着したらすぐに修理を」

そんなことを言いつつミゼットも、今ピットインしようとも間違《まちが》いなく追いつくのが不可能なのは分かっていた。

『大丈夫《だいじょうぶ》よ……それから、ごめん』

通信機から聞こえてきたイリスのその言葉に、ミゼットは自分の悪い予感が的中したことを確信した。

「……おい、待てイリスちゃんまさか」

ミゼットにはイリスのやろうとしていることが手にとるように分かった。

分かってしまった。

「確かにそれを使えば可能性はある。せやけど、それは、それだけは……」

今イリスのやろうとしていること……それは禁忌《きんき》中の禁忌。

『界級強化魔法《まほう》の全文詠唱《えいしょう》』である。

ミゼットと会う前に使っていた界級強化魔法は、使用することで強力な自然魔力エネルギーを体に取り込み、それをボートにも伝えて驚異的《きょういてき》な加速を実現する。

しかし略式の詠唱で使用した場合その発動時間はせいぜい十秒かそれくらいである。とても今の状態を逆転できるものではない。

だが、全文詠唱であれば話は別だ。

効果時間も魔力の上がり幅《はば》も略式詠唱とは比較にもならない。まさに禁忌にして最強の魔法。

そしてそれは同時に、ほんの十秒しか効果が持続しなくても寿命《じゅみょう》を縮める自然魔力エネルギーを長時間体内で暴走させ続けるということである。

その代償は……確実な死。

寿命を縮めるなどという生ぬるいものではない。

「待て、早まるなよイリスちゃん!! 死ぬんやぞ、ホントに分かっとるのか!?」

ミゼットは必死で通信機に話しかける。

『……ごめんね』

「約束がちゃうやろ。ワイが協力するならそれは使わない、そうやろ!?」

『……ごめんね』

「謝《あやま》らんくてええ!! そういう事やないねん!!」

ミゼットの瞳の奥から熱いものがこみ上げてきた。

ああ、クソ、母親が冷たくなっていくのを見た時以来だこんなことは。

「……なあ、イリス」

ミゼットは語りかけるような声で言う。

「ワイはお前のことが本気で好きなんや。そうや……結婚《けっこん》して一緒《いっしょ》に住もう。こんな国やない別の場所で、二人で。大丈夫や、絶対に不自由はさせへん。夢なんか叶《かな》わんくても、ワイが必ず幸せにする。してみせる……」

それは掠れた声で、涙《なみだ》混じりに、懇願《こんがん》するようなプロポーズの言葉だった。

「……だから頼《たの》む。生きてくれ。生きて……ただ側にいてくれ。それだけで、それだけいいんや……」

『……ミゼット、ありがとう。嬉《うれ》しい。アタシもアンタが好きだよ』

通信機からイリスの声が聞こえる。

もうすぐイリスの機体がピットのある位置にやってくる。

ミゼットは祈《いの》る。そのままピットに入ってくれ、と。

『……でも、ごめんね』

しかし『ディアエーデルワイス』は……自らの開発した、彼女をここまで運んできたボートは、そのままミゼットのいるピットの前を通り過ぎて行った。

『アンタは「勝ててしまう人」だから……きっと分からないと思う』

プツン。

と通信が切れる音がした。

「……ああ」

ミゼットは膝《ひざ》をつく。

ピットを通り過ぎた時に見せたイリスは申し訳なさそうに、でも少し嬉しそうに笑っていた。

□□□

「……すぅ」

イリスは深く、深く息を吸い込んだ。

そして唱える。その禁断の詠唱を。

「……私に力を」

体を蝕《むしば》む、滅《ほろ》びの魔法を。

「届かないこの両手に、追いすがれないこの両足に、限界を叫《さけ》ぶこの弱い心臓に。

私に力を。歯を食いしばり、血のにじむほど握《にぎ》りしめたこの手に掴《つか》みたい勝利があるから。

寝《ね》ても覚めても……どれだけ時間がたっても忘れることのできない、思《おも》い描《えが》いた刹那《せつな》の栄光があるから」

運命を受け入れてなお、たった一つを掴み取るために。

「これまでの苦しみと、これからの幸せの全《すべ》てを捧《ささ》げます……界級強化魔法『贄体演舞《サクリファイス・ゲイン》』」

直後。

『ディアエーデルワイス』の周囲の水面が爆発《ばくはつ》した。

過去編　ミゼット・エルドワーフ　５

それはまるで地獄《じごく》から聞こえてくる悲鳴のようだった。

ギイイイイイイイイイイイイイイイイイイイイイイイイ。

という甲高《かんだか》く濁《にご》った加速音が会場中に響き渡る。

大量に注入された自然魔力《まりょく》エネルギーに『ディアエーデルワイス』の残った四つの加速装置が悲鳴を上げている。

イリスは自らの命を司《つかさど》る大事な何かが、コンマ一秒ごとにブチブチと音を立てて切れていくのを感じていた。

しかし。

それを代償に得た速さは、まさしく悪魔《あくま》の如きものだった。

まず、イリスを囲んでいた最下位集団は、『ディアエーデルワイス』の超加速《ちょうかそく》に反応することすらできずに一瞬《いっしゅん》で囲いを抜けられてしまう。

まるで砲弾《ほうだん》として撃《う》ち出されたかのような理外の超加速に、なすすべも無かった。

そして『ディアエーデルワイス』はほとんど瞬間《しゆんかん》移動みたいな速度でロングストレートを蹂躙《じゆうりん》する。

もちろんここまで速いとターンやカーブは酷《ひど》いものだった。

コース取りも何もなく、とんでもない手前で減速を開始し、大きくふらつきながらギリギリのところで曲がり切る。まるで初心者の走りである。

しかし。もはやそんなことすら関係ない。

いくらなんでも他と直線の速さが違いすぎるのだ。ここまで差があれば曲がりでのタイムロスなど軽く踏《ふ》み倒《たお》せる。

前方にいたレーサーたちを次々に周回遅《おく》れにしながら追い抜いていく『ディアエーデルワイス』。

誰《だれ》も彼も最下位集団のレーサーたちと同じだった。ただただ速すぎてなすすべがない。

あっという間に一周を回りきった。

もはや、誰一人としてこの暴走する悪魔を止めることなどできない。

それは『完全女王』とて同じことだった。

『贄体演舞《サクリファイス・ゲイン》』を発動して二周目の三分の一ほどであっさりと抜き去られた。

「……」

女王はただ呆然として遥《はる》か前方へ遠ざかっていく赤い機体を見ることしかできない。

二周目が終了。

閃光《せんこう》のようにホームストレートを駆け抜けたそのラップタイムは……なんと03：58：8。

コンマ一秒を争うマジックボートレースにありながら、コレまでのコースレコードを一秒以上上回る悪魔の記録だった。

「……」

「……」

「……」

観客たちは言葉を失った。

いや、観客だけでなく、レーサーやチームスタッフも含《ふく》めて、その場にいる全ての人々が言葉を失った。

沈黙《ちんもく》の中、苦悶《くもん》の叫びの如き出力音を鳴らしながら走る『ディアエーデルワイス』という機体とイリスという少女の姿に。

残るは二周。

化け物はコースを駆け抜ける。

もっと荒々《あらあら》しく、一人の少女のコレまでの苦しみを燃料に。

もっと速く、一人の少女のこれからあるはずだった未来を燃料に。

そして十四周目のホームストレートに差し掛《か》かる。一体今度はどんなタイムが出るのかと、皆が掲示板に注目した時。

それは起こった。

『ディアエーデルワイス』が急激に減速し始めたのである。

そして、ホームストレートに入って少しのところで完全に停止した。

なにが起こったんだ？

とざわつく観客たち。

しかしミゼットたち高度な魔法知識をもつ者たちにはそれが分かった。

タイムリミットが来たのだ。界級強化魔法の。

「……イリス」

ミゼットは水上で停止する『ディアエーデルワイス』の姿を見て奥歯《おくば》を噛《か》みしめる。

界級強化魔法の継続《けいぞく》時間は本来ならもう少し長い。だが、おそらくだがイリスは自分と出会う前にも、略式詠唱の界級強化魔法を使っていた。

その間に経絡《けいらく》を損傷していた分、魔法の発動時間が削《けず》れたのだろう。

直前で加速装置の一部が故障していたことも、魔力のロスにつながったはずである。

そして。

ピキィ!!　と。

その残った加速装置もあまりの加速と出力に根本から折れて、水の中に落ちていく。

仮に魔力が残っていたとしても、もう進む事はできない。

少女の戦いは、命を捨てた決死の戦いは、こうして悲劇に終わったのだ。

□□□

「効果時間の限界ですか」

エリザベスは前方で停止したイリスを見て、正確にそう判断した。

元々魔力障害のエルフだ。普通のエルフが全文詠唱を使うよりは効果時間も短いだろう。

「……残念です」

不意にそう口にした。

「……?」

自分は今、何を言ったのだ?

残念と、そう言ったのか？

（ああ、なるほど）

そうか、とエリザベスは納得《なっとく》する。

自分はあの少女の走りをもっと見ていたかったのだ。

荒々しくて無謀《むぼう》で、なのに自分に匹敵《ひってき》する技術をもっていてどこまでも熱い走り。

エリザベスはそれを「美しい」と思ったのだ。

完全で無機質な自分とは全く逆の存在。

今回だけじゃない、この先ももっとあの少女の走りを見たい。そして戦いたい。

もしかしたら自分は生まれてはじめて、まともな望みというものを持ったかもしれない。

だが……。

その望みはもう叶わない。

エリザベスも界綴強化魔法の代償は知っている。

あの少女の経絡は膨大《ぼうだい》な量の自然魔力エネルギーに破壊《はかい》され、エルフとしての生命力である魔力をためておくことができなくなった。

少なくとも来年まで命は持つまい。

（面白《おもしろ》くないですね）

ロズワルド大公たちが、レース前に何やら仕込んでいたのは何となくだがエリザベスも気づいていた。

しかし自分と勝負になる相手はいないと思っていたため、気にもとめていなかった。

（……余計なことをしなくてよかったのに）

才能や環境《かんきょう》だけでなく、こういう面でも勝手に恵《めぐ》まれてしまうというのを初めて煩《わずら》わしく感じた。

そんなことを思いつつ、エリザベスはホームストレート前の最後のターンを回る。

そして、もうすぐイリスが途中《とちゅう》で止まってしまっているホームストレートに差し掛かるところで。

コオォォオ。

という、龍脈《りゅうみゃく》式加速装置の噴出《ふんしゅつ》音が聞こえてきた。

「……？」

エリザベスは後方を振《ふ》り返るが、付いてきているボートは無い。

そして、コレは自分の『クリアウィング』の音でもなかった。

となると、残る可能性は……。

「……嘘《うそ》」

前方の『ディアエーデルワイス』が突如《とつじょ》動き出したのだ。

□□□

「……いったい、何が起きてるんや？」

ミゼットはその様子を驚愕《きょうがく》と共に見ていた。

完全に停止したはずの『ディアエーデルワイス』が加速していく。

それも、驚《おどろ》くことに龍脈式加速装置の力で進んでいるのである。

一体なぜ？

確かにあの機体には魔石式だけでなくそちらも搭載《とうさい》している。

だが、今のイリスは界綴強化魔法使用の代償として、体中の魔力を使い切っているはずだ。

なのにその加速は自然でスムーズ。

おかしい。

イリスは仮に万全《ばんぜん》でもあんなふうに、龍脈式加速装置を動かせないはずだ。

まるで魔力障害など無い普通のエルフが魔力を込めて走っているかのようではないか。

なぜ？

ミゼットは高度な魔法学の知識を元に一つの結論を導き出す。

「……経絡の塞がりが壊れたんや」

イリスの魔力障害は生まれた時からのものではなく、後天的に経絡が塞がりながら成長してしまうというものである。

界綴強化魔法の全文詠唱によって流れ込んだ大量の自然魔力エネルギーが機能している経絡だけでなく、その塞がっている部分まで壊したのだろう。

もちろん、だからといってイリスの命が助かるわけではない。生命力を貯《た》めておける器は壊れたのだ。

だが、今、このときだけは。イリスは塞がっていた部分から流れ込んで来る「本来あるはずだった自分の魔力」が体に満ちている。

つまり。

今からラストの一周だけ。

イリスは普通のエルフとして、なんのハンデもなしに走ることができる。

「……奇跡《きせき》ってゆうたらええのかな、これは」

できれば彼女の命を助ける奇跡を望んだミゼットはそう呟《つぶや》いた。

『ディアエーデルワイス』がホームストレートで加速する。

後方からはすでにスピードに乗った『クリアウィング』が迫《せま》る。

ちょうどゴールラインを過ぎた時。

二つの機体は加速のついた状態で完全に並んだ。

『エルフォニアグランプリ』十五周目のラストラップ。

泣いても笑っても最後の一周を、イリスとエリザベスは同時にスタートした。

□□□

エリザベスはその奇跡に大いに歓喜《かんき》した。

どうやら、もう見ることができないと思っていた彼女の走りを、もう一度見ることができるらしい。

ミゼットと違い、なぜ走り出せたのかの原理は分からなかったが、そんなのは些細《ささい》なことだ。

「楽しみましょう。この戦いを‼」

前に彼女に言われたようなことを、今度は彼女に言いかえす。

それに対して。

「……」

彼女は、イリス・エーデルワイスは生気の失《う》せた血の滴《したた》る唇《くちびる》を少し上げて、優しく微笑《ほほえ》んだ。

両機がホームストレートを駆ける。

直線は……やはり『ディアエーデルワイス』が有利。

少しずつ『クリアウィング』を引き離していく。

(やはり、魔石式ではなくてもコンセプトとしては直線型ですからね)

龍脈式加速装置という同じ加速方法を使っても、軽い機体のほうが直線は速い。

『ディアエーデルワイス』はそもそもの形が、普通なら危険すぎてもう少し曲がりやすく作るだろうというレベルの直線特化だ。

魔石式を使ったときほどではないが、直線の速さはそれでも今大会で一番だろう。

(だけど、次はターン)

重く重心の安定したターン型の『クリアウィング』が有利である。

小さく旋回《せんかい》し、直線でつけられたこの差を挽回《ばんかい》する。

しかし。

「……え？」

エリザベスは思わずそんな声を上げた。

前方の『ディアエーデルワイス』がいくらターンポイントに近づいても全く減速する気配がないのだ。

すでにエリザベスですら、曲がり切ることができる限界のタイミングを逃《のが》している。

まさか、ミス？

イリスは界級強化魔法によってすでに満身創痍《まんしんそうい》。

気が遠くなってまともに操縦ができないのか？

などと思ったが、しかし。

『ディアエーデルワイス』は、そのまま小さい旋回半径でターンを曲がり切った。

「……!!」

エリザベスは自らの目の錯覚《さっかく》を疑った。

なんだ。

なんだ、今のは。

おかしなことが今起きた。

超直線《ちょうちょくせん》特化型の機体がその速度を維持《いじ》したまま、ターン型と遜色《そんしょく》ない曲がりをやってのけたのだ。

エリザベスも遅れてターンを曲がる。

洗練され計算された最高効率の曲がり。

その膨らみは先程《さきほど》イリスが走った軌跡《きせき》とほぼ同じだった。

「……」

ターン型の機体で、最高の効率をもってしても膨らみがほぼ同じなのである。

当然、スピードを落とさずに曲がり切ったイリスとの差は広がる。

しかも、曲がったあと次のターンまでは直線。

その差はさらに広がっていく。

それは、その後何度ターンをしても同じだった。

それだけではない。

エリザベスと『クリアウィング』が最も力を発揮するカーブにおいても、『ディアエーデルワイス』は自分よりも速い速度で駆け抜《ぬ》けていく。

「……違う。根本的な技術が」

コースの半分を行ったところで、エリザベスはすでにはるか前方にいるイリスの背中を見ながらそう呟いた。

自分とイリスでは、圧倒的《あっとうてき》に技術力の差がありすぎる。

姿勢の作り方、重心の移動の仕方、舵《かじ》を切るタイミング、魔力量を調整しての加減速の使い方。

ありとあらゆる技術が、エリザベスがコレまで最高の効率だと思っていたものとは根本的に違っていた。

全く別の競技の動きを見ているようである。

いや。実際そうなのかもしれない。

なにせ、あの少女は今まで魔力障害という自分には無い数々の不利を背負って走っていたのだから。

最高速度が僅《わず》かだが遅《おそ》くなる。

魔力を大量消費する急激な速度の切り替《か》えができない。

体を守る防御魔法《ぼうぎょまほう》に割《さ》く魔力量を微細《びさい》に調節し続けなければならない。

身体強化に回す魔力がほとんど無いため、素の筋力でボートを操《あやつ》らなければならない。

……他にも他にも、いくつものハンディキャップ。

確かにそれはもはや別競技だったに違いない。

普通にカーブを一つ曲がるだけでも困難だったはずだ。

考えてみれば自分があの『ディアエーデルワイス』を乗りこなせるかと言われたら、首を横に振るだろう。

自分のような恵まれた人間では触《ふ》れることすらできない過酷《かこく》な世界。

その中で掴み取ってきた理外の技術たち。

それが今、皆が持つ『当たり前』の魔力を手に入れた事によって、全てに恵まれたはずの自分を圧倒《あっとう》している。

「……綺麗《きれい》」

『完全女王』はただ後ろから、その走りに見惚《みと》れることしかできなかった。

□□□

体が軽い。

ボートが軽い。

自由に動ける。

自分の意思に、手足みたいにボートが反応してくれる。

イリスはボートの操縦に夢中になっていた。

――楽しい。

カーブを曲がるのが楽しい。ターンをするのが楽しい。直線で風を切る感触《かんしょく》が楽しい。

水面を切って速く速く駆《か》け抜けていくこの瞬間が、楽しい。

体はボロボロで、今にも意識は途《と》切《ぎ》れそうで、全身の感覚もうあまりないけど……私はこうして今を駆けている。

蘇《よみがえ》る。

あの頃《ころ》の感覚が。

幼い頃に、無《む》我《が》夢中《むちゅう》でボートに乗っていたあの頃。

そして、大好きだった祖父のあの言葉が蘇る。


『どうだいイリスや。レースは楽しいかい？』


「……うん。大好きだよ。おじいちゃん」

瞳《ひとみ》から流れる温かい涙が、心地《ここち》よく風に流されていく。

「私は……レースが大好きだよ」

そして……イリス・エーデルワイスと『ディアエーデルワイス』は、ゴールラインを切った。

ラップタイム03：58：7。

後に『伝説のワンラップ』と呼ばれるこのコースレコードは、その後三十年たった今でも、誰一人として破れる兆《きざ》しすらない伝説となった。

過去編　ミゼット・エルドワーフ　『親愛なるエーデルワイス』

爆発するような歓声《かんせい》が上がった。

特に平民の観客たちや魔力の低いものたちからは、涙声《なみだごえ》すら混じった声援《せいえん》が送られている。

その声援を一身に受けて、たった今生まれた『英雄《えいゆう》』はホームストレートを凱旋《がいせん》する。


「……イリス」

ミゼットはその姿を複雑な心境で見ていた。

たった今、イリスはその夢を叶えた。

そのことを素直《すなお》に祝福したい。

祝福したいのだがしかし、その代償《だいしょう》はあまりにも大きい。

そんなことを考えていると。

「……？」

ミゼットは異変に気づいた。

もうすぐホームストレートが終わるというのに『ディアエーデルワイス』が減速していないのだ。

「アカン⁉」

ミゼットは思わず声を上げる。

おそらくだが、イリスは魔力自体は込めたまま意識を失っている。

ミゼットは略式詠唱での遠隔防御魔法《えんかくぼうぎょまほう》を発動しようと、魔力を練り上げる。

しかしさすがのミゼットでも間に合わなかった。

会場から悲鳴が上がる。

『ディアエーデルワイス』はコースの壁《かべ》に正面から激突《げきとつ》し大破した。

□□□

ミゼットは病室の前で一人佇《たたず》んでいた。

現在、治療室《ちりょうしつ》では回復魔法と外科《げか》手術の両方を総動員しての治療が行われている。

悲しいことに、ミゼットは回復魔法が得意ではない。そしてミゼットの発明も主に得意分野は武器である。

母親の病気が悪化した時に、極《きわ》めようと思ったのだが本当にコレばっかりは上手《うま》くいかなかった。

こんなときばかりは、壊《こわ》すことしか能のない自らの才能を恨《うら》む。

頭の中に渦巻《うずま》くのは、後悔《こうかい》だった。

自分が『ディアエーデルワイス』など作らなければ……。

そうすれば、イリスはこんなことにはならなかったのではなかろうか？

そんなことを考えている間にも、時間は刻一刻と過ぎていく。

治療室に張った殺菌《さっきん》用の結界が何度も何度も張り直される。

一分一秒が永遠とも言える時間に感じられた。

……やがて。

治療室の結界が消失しドアが開く。

中から老齢《ろうれい》のエルフの医者が出てきた。『エルフォニア』でも腕利《うでき》きの名医である。ミゼットも王城内で何度か面識があった。

「……お待たせいたしました。ミゼット王子」

「イリスは？」

ミゼットの問いに、医者は黙《だま》って頷《うなず》く。

「どうぞ中へ」

ミゼットは飛び込むようにして治療室の中に入る。

「……はは、アンタが慌《あわ》てるところ、珍《めず》らしく今日は何度も見るわね」

白いベッドの上にイリスはいた。

その姿は……痛ましいの一言である。

全身に巻かれた包帯……これはまだいい。外傷は回復魔法《まほう》でなんとかなる。

何より痛ましいのはその生気のなくなった顔色である。

見た目は若いままなのだが、ハッキリとその命がそう長くないことを感じさせる。

ミゼットにはそれが、母親の姿と重なる。

「……イリス」

なんと声をかければいいのだろう？

そんなことを悩《なや》んでいると。

「……ミゼット」

イリスは掠《かす》れた声で言う。

「勝ったわよ。アタシ……優勝したわ」

「あ、ああ。そうやな‼　凄《すご》かったでイリスちゃん」

何を悩んでいたのか。

まずはそう、祝福しなくては。

ミゼットは革袋《かわぶくろ》の中からあるものを取り出す。

「ほら、イリスちゃん。優勝の盾《たて》や」

そう言って包帯で塞《ふさ》がっていない左手に豪華《ごうか》な装飾《そうしょく》が施《ほどこ》された優勝賞品の盾を握らせる。

イリスはそれを自分の目の前に持ってきて言う。

「……ふふ、思ったより軽いわね」

そして力なく、だがどこまでも嬉しそうに微笑んだ。

「……うっ、こほっ」

その時、イリスが小さく咳《せ》き込んだ。

その拍子に、口からドロリと赤黒い血が滲《にじ》んで来る。

「イリスさん、落ち着いて……大丈夫《だいじょうぶ》ですから」

医者は布を取り出してイリスの口に当てると、そこに血を吐《は》き出させる。

すぐに白い布は真っ赤になった。

「はあ……はあ……」

イリスは息を切らしながらも、少しすると落ち着いた。

医者はそれを見計らって言う。

「……お二人共。詳《くわ》しいイリスさんの状態のお話はまた後日にしますか？」

ミゼットはイリスの方を見る。

するとイリスは黙って頷いた。

「いや、今お願いするわ。大体のことは想像ついとるから」

界級強化魔法の代償くらいミゼットとて分かっていた。

しかし……。


「私の見立てですが、イリスさんの余命はあと一年弱と言ったところです」


その事実を聞いた時、ミゼットに頭を鈍器《どんき》で殴《なぐ》られたような衝撃《しょうげき》が襲《おそ》いかかってきた。

視界がグニャリと歪《ゆが》むのを感じる。

なぜだろう、分かっていたはずなのにこんなにショックを受けるなんて。

「本来はイリスさんのような経絡の未発達な方がこうなった場合、よくて二ヶ月というところなのですが、塞がっていた部分の魔力経絡《まりょくけいらく》がまだ機能しているのでいくらか生命力は残っています。これは……不幸中の幸いと言ってもいいのかもしれません」

医者の言葉が上手く耳に入ってこない。

湧《わ》き上がってきたのは怒《いか》りだった。

こうなる原因を最終的に作った、どこかの貴族たちに対する怒り。

レース中のイリスへの妨害《ぼうがい》を仕組んだどこかの誰か。

『ディアエーデルワイス』の規制を画策した連中。

イリスを追放したホワイトハイド家。

いや、そもそも、全ての原因である『魔力血統主義』で腐《くさ》りきった、この国に怒りが湧いた。

それを守るために国に貢献《こうけん》し続けた母親に義理立てしてしていたが、今度ばかりは我慢《がまん》の限界だった。

潰《つぶ》してやる。

どいつもこいつも。

その時だった。

ふと、ミゼットの右手に温かい感触があった。

イリスが左手でミゼットの右手を握《にぎ》っていた。

「……ねえ。ミゼット、いいからね」

イリスは優《やさ》しい声でそう言った。

「アタシのために、復讐《ふくしゅう》なんてしなくてもいいからね」

「……イリス」

「もういいの……」

ミゼットは思う。

なんでだよイリス。

なんでそんな穏《おだ》やかに笑えるんだよ、と。

「確かにコレまで苦しかったし、そういう理不尽《りふじん》に怒《おこ》ったりしてきた。でもきっと、それがあったから、あの最後の一周が走れたと思う。だから、今はそういう理不尽にも感謝してるわ」

遠くを見つめるその目、コレまでの苦しい過去を見つめるその目は愛《いと》しさに満ち溢《あふ》れていた。

「シルヴィアとの友情も感じられて、アナタとも出会えて、最高のレースができて……だからアタシを苦しめてきた運命たちに『ありがとう』って言いたい。アナタ達のおかげで、アタシは夢を叶《かな》えられたと思うから」

そして、力の入らない左手にできる限りの力を入れて、ミゼットの手を強く握る。

「だから……大丈夫よ。ミゼット」

思い出すのは母親の言葉だった。

『できれば、あの人を恨まんといてあげてな』

なんで……なんで母親といいイリスといい、そんなに優しくてお人好《ひとよ》しなんだ。

「……ぐっ、イリス、ワイは」

そんな優しい目をされたら、復讐する理由がなくなってしまう。

ミゼットは必死で奥歯を噛みしめることしかできなかった。

□□□

翌日の夜。

ミゼットはイリスの病室を離《はな》れ、一人国王領へ歩いていた。

貴族街は今夜も皆が昨日生まれた伝説について熱く語っている。

貴族たちの中には、イリスと『ディアエーデルワイス』を認めないという者も少なからずいるようだった。

しかし、実際に伝説的な勝負を演じたことに対しては称賛《しょうさん》の声を上げる者が多いようだった。

是非《ぜひ》ともまた、あの機体を扱《あつか》うレーサーが出て欲《ほ》しいものだ。

そういう声が聞こえてきた。

冗談《じょうだん》じゃない。

あの機体は欠陥品《けっかんひん》だ。

危険な夢を後押《あとお》しし、結局愛する少女を死に至らしめた殺人機体だ。

……ああ、そうだとも。

ミゼットは、ことここに至り自らの感情に素直になる。

やっぱり自分は、たとえエゴと言われようと、夢など叶わなくてもいいからイリスに生きていてほしかった。自分の側で不平を言いながらも、一緒に過ごしてほしかった。

だから、ミゼットは初めて自分の作った物を憎《にく》んだ。

イリスを殺した原因は間違《まちが》いなく自分にもあるのだから。

「……だからってゆうても。この国をただ笑って許せるほどワイは性格良くないねんな」

ミゼットは広大な国王領の北端《ほくたん》にある広場にたどり着いた。

その中央にそびえ立つのは、初代国王ディオニシウスの像。

『魔力血統主義《まりよく》』の象徴《しょうちょう》たるそれに向かってミゼットは歩いていく。

「……む？　これはミゼット王子。どうかいたしましたか？」

国王の像を警備する憲兵がミゼットを見て声をかける。

珍しかったのだろう。この像は特に貴族たちが願をかけに来ることも多いのだが、ミゼットは一度もいやいや参加した式典以外で来たことがなかった。

「……」

「……ミゼット王子？」

ミゼットは無言で革袋に手を入れると、ソレを取り出した。

ガシャン。

鉄製の四角い筒《つつ》に四つの穴が空いており、そこに弾頭《だんとう》を入れて発射する武器である。

それを初代国王像に向けて構える。

「お、王子。な何をなさる気ですか⁉」

「粉末や気体の燃料をばら撒《ま》いて一気に燃焼《ねんしょう》させる弾頭や、直撃《ちょくげき》せんでも酸素が一瞬《いっしゅん》で無くなるから人体にええことはないぞ。死にたくなかったらさっさとどけ」

「さんそ？　し、しかし、そういうわけには」

だがミゼットの表情はいつものニヤつきなど一切《いっさい》無い、本気も本気だった。

憲兵たちは慌てて職務放棄《ほうき》してその場から離れる。

ミゼットは躊躇《ちゅうちょ》なく引き金を引いた。

「……ふざけやがって、このクソ野郎《やろう》がああ!!」

怒髪《どはつ》天をつく咆哮《ほうこう》と共に、放たれた四発の燃料気化弾頭。

たった二発で国の象徴を守るために張られた、『エルフォニア』王国が誇《ほこ》る万能《ばんのう》結界魔法を破壊し、残る二発で初代国王の形をしただけの石の塊《かたまり》を木《こ》っ端微塵《ぱみじん》に粉砕《ふんさい》した。

□□□

「今夜はなんか、騒《さわ》がしいわね」

イリス・エーデルワイスは一人そんなことを呟いた。

何か事件でもあったのだろうか？

一日中寝《ね》ていたのですっかり目が覚めてしまっていた。

体中に倦怠感《けんたいかん》はあるが、これは根本的な生命力が枯渇《こかつ》したから起きているものだというのは自分の感覚で分かっていた。

怪我《けが》自体は医者と回復魔術師《まじゅつし》が優秀《ゆうしゅう》だったため治っている。だが、いくら休んだところで命が尽《つ》きるまではこの体の重さは消えることはないだろう。

「……アイツには、ホントに悪いことしたわね」

イリスは『エルフォニアグランプリ』優勝記念の盾を手にとって眺《なが》めながら、そんなことを言う。

自分は明確に、あの時ミゼットの手を振り払《はら》ったのだ。自らの夢のために。

でも……結果的には良かったのかもしれない。

アイツは何でもできて、本人は嫌《きら》っているが色々な立場や富を持っているヤツだ。

仮にこんな状態にならなかったとしたら、自分のように自分勝手な人間に構い続けたかもしれない。

それは、あまりいい時間の使い方ではないだろうと、イリスは思うのだ。

そんなことを思っていると。

パキン。

と、窓ガラスが割れる音がした。

「こんばんは。イリスちゃん」

そのニヤケ面の男は窓から身軽な動きで入ってきた。

「……当たり前のように器物破損するわね」

「イリスちゃん。一緒にこの国を出るで」

「はい？」

急にメチャクチャなことを言い出すミゼット。

しかし。

「前に旅行した『王国』の田舎町《いなかまち》で、武器屋でもやってのんびり過ごすんや。療養《りようよう》にもえぇはずやで」

その表情はいつもどおりニヤついていたが、目だけは真剣《しんけん》だった。

「アタシは……」

イリスは言う。

「すぐ、死んじゃうわよ？」

「知っとる」

「レースばかりだったから、なにかアンタの役にたてるわけじゃないわよ？」

「知っとる」

「アンタを一度、拒絶《きよぜつ》したわ……」

「んなこたどうでもええわ。一緒に来い、イリス。お前の最後の時間をワイにくれ」

そう言って、ミゼットはイリスに右手を差し出した。

やはり、その顔はいつもどおり軽薄《けいはく》そうにニヤニヤしていて、しかし、その目だけはどこまでも真剣だった。

「……ホントに」

イリスはじわりと瞳から滲んできた涙《なみだ》を拭《ぬぐ》って言う。

「アンタって、わけがわからないわ」

そう言ってイリスは包帯の巻かれた右手で、ミゼットの手をとった。


その夜。

エルフォニア王国第二王子ミゼット・ハイエルフは、国のシンボルたる初代国王像を破《は》壊《かい》し国から姿を消した。

同時に、史上初の『エルフォニアグランプリ』を制覇《せいは》した魔力障害レーサー、イリス・エーデルワイスも病院から姿を消しており、二人に貴族の間では反感を持つものも多かったため、しばらくの間、市中では様々な憶測《おくそく》が飛び交《か》うこととなった。

エピローグ　そして今……。

「ああ、やっぱり上手く動かないなあ」

フレイア・ライザーベルトは夜の病室で一人そんなことを口にした。

いつもは綺麗に手入れされている黒い髪《かみ》も今は無造作に下ろしており、全身に巻かれた包帯が痛々しい。

複雑に骨折していた手を閉じたり開いたりしてみるが、その動きはどこかぎこちなかった。

手の骨折自体はある程度治っているのだ。全身に負っている他の怪我も、治癒魔法《ちゆまほう》によって明日までにある程度は治るだろう。

だが、問題は経絡《けいらく》の方だった。

エルフ族の自然治癒力は全種族で二番目に高い。しかも一位は伝説上の種族に近いので実質的には、言葉を解する人型族としては最高の自然治癒力である。

その理由は、生命力を魔力経絡が司《つかさど》っているからである。

常に体に微弱《びじゃく》な回復魔法がかかっているようなものなのだ。

だが逆に、それでも間に合わない大怪我《おおけが》をしたときには、魔力を循環《じゅんかん》させる経絡自体に過剰《かじょう》な負担がかかり、体が完治したとしても経絡の疲労《ひろう》が残ってしまう。

これは他の種族でも起こる現象なのだが、エルフ族は特に顕著《けんちょ》である。

「別にアタシは、怪我の治りとか早いわけじゃないんだけどなあ」

正直、魔力障害持ちのフレイアからしたら回復魔法で体が治っても数日体が重くなるだけの、迷惑《めいわく》な性質だった。

実際、体には重い倦怠感がある。

「そう言えば、ここってあの人が優勝した後に使った病室なんだっけ」

確か医者から言われたのだ。

憧《あこが》れの伝説のレーサー、イリス・エーデルワイスも事故で大怪我をして、三十年前にこの部屋のベッドを使ったと。

「あの人も……同じ気持ちだったのかな」

三十年前の伝説のレースの途中《とちゅう》、数名のレーサーによるイリスの機体への不自然な囲い込みがあったというのは周知の事実であり、ソレを仕組んだのが血統貴族たちではないかというのはまことしやかに囁《ささや》かれていることだ。

ハンデに立ち向かい、必死でやってきたことをそんな風に理不尽に邪魔《じゃま》される。

今の自分と同じだ。

「……悔《くや》しいなあ」

少女はそう呟《つぶや》いた。

それでも、明日のレースは戦うと決めている。

ここで屈《くっ》したら結局自分の生まれに白旗を上げることになるから。

「……どうしても勝つために必要ならアタシもアレを使ってもいいのにな」

かつての憧れの人が使った禁忌《きんき》術式『界級強化魔法』。フレイアは勝つためならそれすら使ってもいいと思っていた。

さすがにあのレースの翌年から、レースでの使用が禁止されたため叶わぬ願いである。

「明日、どうやって勝てばいいんだろう……」

明日は自分もボートも体調不良で走らなければならない。

相手は憧れの人とかつて激戦を繰《く》り広《ひろ》げた『完全女王』。いつも前向きな明るいフレイアも今回ばかりは、俯《うつむ》いてその表情に暗い影《かげ》を落としていた。

□□□

そして、同時刻。

こちらは第一王子エドワード領。

向かい合うのは、リック・グラディアートルとエドワード・ハイエルフ。

「警告はしたぞ」

リックは膝《ひざ》を軽く曲げて、足に力を貯《た》める。

ドン!!

と、リックの足元の床《ゆか》が抉《えぐ》れた。

並の戦闘者《せんとう》なら、目で追うことすら不可能な速度で加速。

一瞬にして、エドワードとの距離《きょり》を詰《つ》めると右の拳《こぶし》を放った。

その拳の速度もまた凄《すさ》まじい。瞬《まばた》きをする間すら無くエドワードの左脇腹に吸い込まれていき。

『オート、アゲインストウィンド』

無機質な声が響《ひび》く。

その瞬間《しゅんかん》、風が吹《ふ》き抜けエドワードの体が勢いよく後退した。

空を切るリックの拳。

（……躱《かわ》した？）

リックとしてはもちろん加減はしたが、それなりに力も速度も出して放った拳である。

それを躱したのだ。

エドワードの方を見ると、風にのってフワリと階段の上に着地していた。

相変わらず優雅《ゆうが》な笑《え》みを浮《う》かべながら言う。

「ははは、まったく。自動回避術式《かいひ》をもってしても躱しきれないとはねえ」

エドワードは自らの服の一部を見ながら言う。

そこにはまるで、巨大《きょだい》なサーベルか何かで切りつけたかのように、豪華そうな服の布が大きく引き裂《さ》かれていた。

「軽く服を掠めた程度でこの有様ときている。まったくもって、短命ザル共は度《ど》し難《がた》い。分をわきまえて、一生我々のために労働していればそれなりの生活は保証してやるというのに」

その口調には分かりやすすぎるくらいに不快感が籠《こ》もっていた。

「……」

「おや、どうしたのかな？　不法侵入者《しんにゅうしゃ》くん？」

「……お前、普通《ふつう》に強いんだな」

リックは自分の強さをそれなりに自覚しているつもりである。

今のレベルで放った攻撃《こうげき》を躱せるのだ、実力で言えばどれだけ無理に低く見積もっても
Aランク冒険者《ぼうけんしゃ》の最上級といったところだろう。

間違いなく、あのキタノとは次元が違《ちが》うレベルで強い。

「当然だろう？　僕《ぼく》は最高の血統に生まれ最高の魔法教育を受けたハイエルフ王家の人間だ。そんじょそこらの雑多な家の人間とは次元が違うさ」

「……なら、なんでワザワザこんな回りくどいことをする」

「どういうことだい？」

「強いなら普通に真っ向から倒《たお》せばいいだろ。あのエリザベスってレーサーだってそうだ。フレイアと正々堂々と実力で戦っても十分すぎるくらいに勝算はあるだろう？」

そう、ワザワザ他人の努力を踏《ふ》みにじるような真似《まね》をしなくてもだ。

むしろそれでこそ、自らの血統が優《すぐ》れていると証明できるんじゃないのか？

「ふん。これだから、下賤《げせん》な生まれは分かってないな」

エドワードは見下しをたっぷりと込めて言う。

「そもそも勝負などと土俵に上がってやるというのが間違ってる。勝ったり負けたりなど
と低次元な話は、生まれの時点で負けている君たちが勝手にやっていればいい。我ら偉大《いだい》

な血統に求められるのは、確実で完全なる勝利のみ。その絶対性こそ優れた血統の優越性《ゆうえつせい》を保証する!!」

「なるほどな……」

リックはその言葉を聞いて納得《なっとく》したように頷く。

「おやぁ？　意外に理解があるじゃないか」

「さすがにこの歳にもなればな。国を治めるのに、絶対的な権威《けんい》があったほうがいいのは分かるさ」

「そのとおりさ……だから三十年前のあの短命ザルの小娘《こむすめ》は本当に厄介極《やっかいきわ》まりなかったねえ。あれこそ国の毒というものだよ。最後の『不幸な事故』で身《み》の丈《たけ》に合わない挑戦《ちょうせん》をすると悲惨《ひさん》なことになるぞと見せられても、国内で反『魔力血統主義』の気運が生まれたんだ。平和にゴールして表彰台《ひょうしょうだい》に登って『頑張《がんば》ったからここまでこれました』なんて、優勝インタビューでもされてたらと思うと反吐《へど》が出るねえ」

いやあ、本当に危ないところだった。

と、独り言のように滔々《とうとう》と語るエドワード。

「ああ、そうだな。王族としてたぶん俺《おれ》たち普通の人間とは違うものを背負ってるんだろうよ」

基本的には何も持たない挑戦者《ちょうせんしゃ》のほうが気楽なものだ。

すでに、色々なものを手にしている者たちは、それを守るために日々苦心しているし、ソッチのほうが大変なことだって多いだろう。

だが、その上で。

「それでも、俺は挑戦者の味方をしたいんでね。悪いがちゃんと戦いの舞台《ぶたい》に上がってきてもらうぞ」

そう言って再び拳を構えるリック。

「いや、悪いがそれは無理だね」

「……なに？」

「なぜなら僕は、逃《に》げるからだ」

エドワードは堂々とそう宣言した。

「なんだと？」

「出てきたまえ。金色五芒星《ゴールデンペンタグラム》」

エドワードがそういった瞬間、屋敷《やしき》の中に五つの自然現象が発生した。

一つは小規模の竜巻。

一つは地震《じしん》と地面の隆起《りゅうき》。

一つは濃《こ》い霧《きり》。

一つは燃え盛る炎《ほのお》の柱。

そして最後は、何も見えないが確かにそこにある神的なエネルギーの奔流。

それぞれの中から一人ずつ、五人のエルフが現れた。

「紹介《しょうかい》しよう。彼《かれ》らは我《わ》が『エルフォニア』が誇る五人の最強の魔法使《まほうつか》い。それぞれが自然魔力エネルギーの基礎《きそ》属性である風、土、水、火、エーテルを象徴する」

エドワードの言葉通り、現れた五人から感じる魔力の量と質はそれまで出てきた兵士たちとは次元が違った。

「不法侵入者くんの実力は大いに理解した。負けてやる気は無いが、それでも万が一僕が戦って死ぬようなことでもあれば『アンラの渦《うず》』が解けてしまうからねえ。ワザワザそんな危険は冒《おか》さないさ。というわけで頼《たの》んだよ君たち」

「エドワード様。ささ、こちらへ」

エドワードは奥《おく》から現れたディーン伯爵《はくしゃく》に誘導《ゆうどう》されて、屋敷の奥に去っていく。

ここまで徹底《てってい》すると、いっそ清々《すがすが》しいなと思いつつも。

「逃がすと思うか?」

リックはエドワードを追いかけようと地面を蹴《け》ろうとするが。

「!?」

殺気を感じて、すぐにブレーキをかける。

「……ほう。気づくか小僧《こぞう》」

殺気の出どころは、現れた五人の内の一人からだった。

長身で眼光の鋭《するど》い男のエルフである。銀色と金色の混ざった長髪《ちょうはつ》をたなびかせたその容姿は、知性的でありながら暴力的という相反する性質を矛盾《むじゅん》なく兼《か》ね備《そな》えていた。

（……違うな）

エドワードや他の四人もソレまでの相手とはレベルが違うが、この男だけは更《さら》にもう二回り以上次元が違う。

男はリックに言う。

「俺は金色五芒星の筆頭、エーテル魔術《まじゅつ》王、カエサル・ガーフィールドだ」

「……ちっ、これは想定外だな。思ったより時間がかかっちまいそうだ」

コイツも含《ふく》めて五人。

負けてやる気などさらさら無いが、その間にエドワードに雲隠《くもがく》れされては厄介《やっかい》である。

「ほほほ、時間がかかるですってぇ？」

五人の内の一人、霧の中から現れた女エルフが言う。

「むしろ、私達五人と戦って勝てると思っているのかしら。思い上がりも大概《たいがい》にしてほしいわぁ」

女エルフが両手を広げる。

すると、その手に水の球体が出現した。

「第七界綴魔法《かいていまほう》『トライデント・レイン』」

当然のように、無詠唱《むえいしょう》で放たれる第七界綴魔法。

女エルフの手から放たれた水球が空中で膨張《ぼうちょう》し、水の三叉槍《さんさやり》の形を形成。

リックに向かって、豪雨《ごうう》のように隙間《すきま》なく襲いかかってくる。

――しかし。

「おおおおおおおおおおおおおおおおおおおおお!!」

ドン!!

と、リックは地面に拳を叩《たた》きつけた。

次の瞬間。

地面が爆発《ばくはつ》した。

ビリビリという、地響《じひび》きが建物の中だけでなく第一王子領全体に響き渡《わた》る。

水の三叉槍の雨は、その衝撃だけで一瞬にして吹き飛ばされる。

そして盛大に巻き上がった砂煙《すなけむり》が晴れるとそこには。

「……思い上がりのつもりはない」

直径20mもの巨大なクレーターが出現していた。

「お、おお……」

驚愕《きょうがく》する女エルフの魔法使い。

「時間までに、お前らをさっさと倒して第一王子のやつをとっちめて『アンラの渦』を解除させる。やると決めたからにはやってみせるさ」

タイムリミットは今日の『エルフォニアグランプリ』本戦が開始される午前九時。

——残り六時間。

□□□

そして、こちらはシルヴィア邸《てい》の倉庫の中。

「……イリス」

ミゼットは『ディアエーデルワイス』を見てそう呟いた。

次々に思い出される彼女《かのじょ》との思い出に思わず険しい顔になってしまう。

あれから三十年経《た》った。

それでも、今でも、後悔《こうかい》をしている。

この機体を作ってしまい、大切な人を死地に向かわせてしまったことを。

どうしても、フレイアを見ていると思い出してしまうのだイリスのことを。

「……ミゼットさん」

そんな様子を、複雑な表情で見るモーガン。

その時。

一人の男が倉庫の中に入ってきた。

「おお、これはこれはちょうどよかった」

大会運営委員の制服を着たヒゲの濃い、人間で言うところの初老くらいの見た目のエルフだった。

確か、今日の試合で審判《しんぱん》を務めていた人間の一人だったはずである。

「おや、これは審判員の方。こんな時間にどうされましたか?」

モーガンがビジネスマンぜんとした丁寧《ていねい》な態度で、挨拶《あいさつ》をする。

しかしその目は相手の様子をつぶさに観察している。もしかしたら、エドワードの手先で直接機体を壊《こわ》しに来たのではないかと疑っているのだ。すでに『アンラの渦』によって、機体の加速機能には欠陥《けっかん》が生じているが、あの用心深い男だ。

そういう仕掛《しか》けも用意していて不思議はないだろう。

しかし。

「あーいや、一応明日のレースにフレイア選手の参加が可能かを聞きに来まして。本人の意思はさっき確認《かくにん》してきたのですが、コースアウトの直前にどうやらボートの方にも異常があったように見えましたから」

人が良さそうに頭を下げながらそんなことを言う初老の審判員。

「……なるほど。そうでしたか。コレはご丁寧にどうもありがとうございます」

モーガンはソレを見て、商売を通して身につけた観察眼から敵ではないと判断した。

相手を油断させるために、あえて卑屈《ひくつ》な態度を取る輩《やから》は多いが、この審判員は純粋《じゅんすい》に謙《けん》虚《きよ》なタイプである。

「それで……機体の方はどうですか？　メカニックの方」

「ん？　ああ」

初老の審判員はミゼットが脱走《だっそう》した第二王子だと気づかずに話しかけてくる。実は、ミゼットは本当に必要最低限の行事以外は、一切王族としても行事に参加していなかったため、顔を知っている者はかなりの上級貴族を除けば、城下をフラフラしていた時に直接会ったことのある人だけである。

「そうやな……なぜか、速度調整が利《き》かんくなってるな」

『アンラの渦』についてこの場で説明しても意味はないだろうと、ミゼットは結果だけ伝える。

「そうですか……では、明日は？」

「ソレはレーサーが決めることやろ。レーサーが出るゆうなら、ワイらの仕事はできる限り機体を最高の状態に持っていくことだけや」

「なるほど、ソレは間違いありませんね……」

審判員は深く頷《うなず》いてそう言った。

「しかし、またですか。三十年前と同じ……この機体も数奇《すうき》なものです」

——ん？

今何か聞き捨てならないことを聞いた気がする。

「待て、三十年前ゆうのはどういうことや？」

ミゼットは審判員にそう尋《たず》ねた。

「え？　はい。実は私はこの仕事に五十年ほど携《たずさ》わってまして。三十年前のあの大会ではゴール直前の位置を担当していたんです」

なんと審判員は、三十年前のあの大会でちょうどホームストレートの後半を見る担当だったのである。

「あの時も、あの赤い髪のチャンピオンは魔力の注入をやめて、ブレーキをかけていたのですが、減速が利かなかったようで……それであの痛ましい事態に」

「……」

ミゼットはそれを聞いただけで全《すべ》てが分かってしまい、言葉を失った。

あの時、ホームストレートで気絶して減速ができなかったと思っていた。しかし、どうやらイリスはブレーキはかけていたという。なのにボートの出力は落ちなかった。

ちょうどその時にブレーキがたまたま調子が悪くなった？

いや、それは無いだろう。いくらなんでもタイミングが良すぎる。

ソレよりも、もっと必然性のある理由が思いつく。

確かあの大会は、エドワードも見に来ていたのだから。

今回のフレイアと同じことが起こったというのだから、同じことをしたと考えるのが自然ではなかろうか？

「……あの、どうかしましたか？」

審判員が恐《おそ》れ多《おお》そうにそう声をかけてくる。

たぶん、今ミゼットは凄まじく怖《こわ》い顔をしているだろう。

ミゼットは医者に言われたことを思い出していた。

イリスの生命力に対するトドメになったのが、ブレーキをかけ損《そこ》ねた事によるクラッシュだった。ただでさえ緊急《きんきゅう》を要する壊れた経絡の修復を体の修復の後に回さなければならず大きく遅《おく》れたのである。アレさえ無ければ、三年は生きられたとのことだ。

ミゼットのように長寿のエルフからすればたった三年。

されど、あの後二人で過ごしたあの穏やかな時間はミゼットにとって一分一秒すらかけがえのないものだった……。

「……くっ」

唇《くちびる》を噛《か》み、強く拳を握りしめるミゼット。

しかし、頭に浮かぶのは母親とイリスの穏やかな表情だった。

「……オカン……イリス……ワイは」

その時。

「心残りになるなら、過去は清算するべきだと私は思いますよ。ミゼット様」

背後から聞き慣れた声が聞こえてきた。

「……リーネットちゃん？」

「はい。『オリハルコンフィスト』家事担当のリーネット・エルフェルトです。そちらの方、失礼ながら無断で入らせていただきました」

そう言ってリーネットはモーガンに頭を下げたのだった。

□□□

「……？」

フレイアは病室の外から、なにやら話し声がするのを聞いた。

今外には、スポンサーのシルヴィアから派遣《はけん》された警備兵たちがいるはずである。

暇になって世間話でも始めたのだろうかと、聞き耳を立ててみるが。

――な、なんだ、お前は？

――お、オークが喋《しゃべ》ってやがるぞ⁉

「……？」

どうやら誰《だれ》か訪ねてきたようである。

しかし、喋るオーク？

——よ、用事があるから通せだと。

——そうだ。そんなわけにはいくものか。我々はシルヴィア様から、選手に不審《ふしん》なものが近づかないように命令されているんだ。さっさと去らないようなら実力で……。

ミシィ!!

ボキャ!!

ガス!!

「……夜分に失礼する」

低く肺まで響き渡りそうな声とともに現れたのは、灰色のオークだった。

というか本当にオークである。しかも、喋っていた。

「病院で騒がれると迷惑がかかるので少し眠《ねむ》ってもらった。彼らは後で治療《ちりょう》しておく。さて……」

オークはズンズンという足音をさせながら、目の前にやってくる。

「お前が、フレイア・ライザーベルトだな」

「う、うん。そうだけど？」

「事情は把握《はあく》している。経絡の治療は肉体のようにすぐに完治というわけにはいかないが、明日までに十分に戦えるように仕上げてやろう」

□□□

……そして。

『オリハルコンフィスト』のいつものメンツの残り一人は。

「ふふふふーん、ふふふふふふふん、ふーふふ、ふふふふふふふ、ふふふっふふーん♪♪」

名産品の海鮮《かいせん》パエリアを鍋《なべ》ごと抱《かか》えて食べながら、夜の貴族街を第一王子領に向けて歩いていたのだった。

あとがき

皆さんこんにちは、岸馬きらくです。

というわけで新米オッサン冒険者八巻「ミゼットエルドワーフ過去編」をお送りさせていただきました。

いつになくシリアスで真面目な話で、少し困惑した方もいるかもしれません。ですが、イリスとの過去編は、ミゼットというキャラを作った時にはすでにできていたエピソードで、やはりミゼットというキャラを書く上では欠かせないモノだなと思って皆さんに披露させていただいた次第です。お楽しみいただけたなら幸いです。

さて、今回の過去編の自己評価としましては、自分の作品ながら非常によく書けたと思っています。イリスもミゼットも生き生きと動いてくれました。

ですが、その上でどうしても物足りない部分があったのは否めないと感じています。読者の皆さんもお気づきかと存じます。

その物足りない要素とは……ズバリ「筋肉」です。

新米オッサンと言えば、トレーニング、トレーニングと言えば筋肉。というわけで、今回の巻で不足した筋肉要素を充填するために現在九巻を鋭意制作中です。

エルフォニアが誇る魔術師たちと鍛え抜かれた肉体の熱い（？）戦いを是非お楽しみください。

さて、ここからは個人的な話になりますが新米オッサン冒険者シリーズは今回で八巻目。前の巻で書いた師匠のデビュー作の巻数を超えることができました。また、スニーカー文庫様より出した「飛び降りようとしている女子高生を助けたらどうなるのか？」も、このあとがきを書いている時点で三刷り目と非常に好調です。さらに、さらに、岸馬は現在もう一つ新しいシリーズの準備を進めていまして……いずれ皆様にお見せする日が来るかもしれません。

そんなわけで、ありがたいことに作家として順調に仕事を進めさせていただいている岸馬ですが、ここに来て一つ大きな問題が発生しております。

「締め切りがヤバすぎる問題」という、あまりにもシンプルな問題です。

元々筆が超絶に遅いので、今まで新米オッサン冒険者シリーズだけでも結構あくせくしていたのですが、二シリーズをこなすようになってだいぶ忙しくなってきています。

これでもう一つのシリーズも始まったら「締め切りの終わりは、次の締め切りの始まり」という完全ヘルモードに突入する未来が見えます。怖い。

まあでも、今のところ原稿落としたことはないのでなんとかこなしていこうと思います。なに、いざとなったら死ぬほど頑張ればいいんですよ（リック脳）。

やりたかった仕事なので、つい楽しくて沢山やってしまいますが、皆さんに面白い作品を届け続けるためにも自分の体調と上手く相談しながらやっていこうと思います。

これからも応援よろしくお願いします。

著／保利亮太
イラスト／bob
ウォルテニア半島に
居を据えた
御子柴亮真の
躍進は続く――。
2021年夏　発売予定！

コミック版も好評連載中！
漫画：八木ゆかり
原作：保利亮太
キャラクター原案：bob
コミックス
①～⑦巻発売中!!
コミックファイア公式サイト
http://hobbyjapan.co.jp/comic/
ウォルテニア戦記XVIII

HJ NOVELS
HJN36-08

新米オッサン冒険者、最強パーティに死ぬほど鍛えられて無敵になる。8

2021年6月19日　初版発行

著者―― 岸馬きらく

発行者―松下大介

発行所―株式会社ホビージャパン

〒151-0053
東京都渋谷区代々木2-15-8
電話　03(5304)7604（編集）
　　　03(5304)9112（営業）

印刷所――大日本印刷株式会社

装丁―― 下元亮司(DRILL)／株式会社エストール

Printed in Japan

ISBN978-4-7986-2511-9　C0076